孤獨的邊緣

墓草

短篇小說集

目次

春風又到金水岸

他叫Y，自我感覺很好，自認自己是一個美人！有一段時間，他天天去公園裡的金水河邊，等……一個懂得欣賞他的人。

「野雞，你又來了啊？……」

Y聽到有人叫他「野雞」，不生氣也不理這個人，轉身走開。

他幾乎沒有遇上可以聊天的朋友，也沒有耐心聽一群GAY一起聊那些家庭俗事，他討厭圈子裡的人相互「姊姊妹妹」的招呼聲。

一個人重複另一個人問：

「你今年多大了？」

Y不想回答。

「你結婚了嗎？」

「沒有。」

「你怎麼這麼大了還不結婚？老了怎麼辦……」

Y馬上轉身，不想再多聽這個中年人多說一句。他厭煩那些已經結婚的GAY，既然選擇了和異性結婚就不要再出來鬼混……還要向年輕人傳送一些錯誤的觀念……什麼什麼不結婚沒有孩子老了怎麼辦？要讓下一代的年輕人跟著你們學習戴上面具活著？不愛一個人騙婚活著，生養孩子只是把孩子當作防老的工具？……

Y誰都不想理的時候，就一個人靜靜地站在河邊，看那些流動的河水……一發呆，就是整整一個下午。

有一天，Y在公園裡遇上了一個帥哥，他剛靠近他，就聽到一句沒有禮貌的回答：

「我不喜歡戴眼鏡的！」

這句話讓Y很受刺激，自尊心有些受傷……

從此以後，Y到公園再也沒有戴眼鏡，他看到的每個表情都是模糊的……他也不想記住那些和他一夜情的表情，也不想知道他們的名字。

在一個有春風有月光的夜晚，Y又來到公園裡溜達。他看到一個男子坐在石頭上發呆，就圍著他轉了圈……然後，他又轉了一圈，然後……他不想再轉第四圈的時候，就主動開了口：

「喂！你有四十歲嗎？你能做1嗎？」

這個男子就點了點頭。

兩個人一前一後，腳步不快也不慢，走到了一個橋洞下……這個男子沒有一點主動的意思……？光線很暗時，彼此的表情都是模糊的……沒有牽手，也沒有擁抱，也沒有吻……Y壓抑很久了，他這次只想發洩……他快速地解開了自己的衣褲……等待。

……等待中，對方連蝸牛的動作都沒有？

Y不高興了。

「你好好看看我的模樣，再好好看看我的身材，再好好看看我的皮膚……我人長得這麼漂亮，身材不胖不瘦！皮膚白白淨淨……你居然硬不起來？……氣死我了啊！——我長得不比那些影視明星差！你對我沒有感覺為什麼還要跟著我來？氣死我了……」

Y有整整一年的時間沒有再到公園裡。

他一生氣就會失眠，接連幾天的失眠，讓他的胃腸消化紛亂……他開始拉肚子，嘔吐，然後沒有了食欲，沒有食欲就強迫自己手淫……再然後就感冒了！

春風又到金水岸。

Y再次來到公園，在河邊來回地走動，走累後，就坐在石頭上休息，這時，他看到一個男子慢慢走過來，慢慢地圍著他轉圈……

Y看不清這個男子的表情，感覺他是戴著眼鏡的？……他有三十歲？三十五歲？還是四十歲？……

「喂！……你不要再圍著我轉了，我不喜歡你這種類型的！」

「對不起，打擾你了！」

這個戴眼鏡的男子轉身走遠了。

Y感覺無聊，他又來到河邊，看著河水發呆……

一個小時之後，Y想去公園西邊看一看牡丹花開了沒？……他走了一會兒，看到小徑邊的長凳上坐著一個男子，感覺他的皮膚很亮，表情有些模糊……如果戴上眼鏡看他，他一定會很帥吧？……

Y主動在他身邊坐下了……

「你不是說不喜歡我這種類型的嗎？……」

Y快速閃開……心想，怎麼又遇上的是一個小時之前的他？……為什麼位置不同，前後有兩種感覺？……

「對不起，打擾你了！」

Y禮貌地重複這個男子說過的這句話。

他很快離開了公園，想通過吃東西忘記讓他鬱悶的這個春天。

Y去公園附近的一家燴麵館吃了一碗麵，他又回到了公園。這次，他遇上了一個導演，聊了一會兒，這個導演就帶Y去了酒店。

「你近期在拍什麼電影？」

「古裝戲……」

「能讓我演一個角色嗎？」

「男女主角已經定好……讓我想一想……還有什麼角色可以給你演……」

這個導演真的給了Y一個角色，他有兩分鐘的鏡頭……他被化妝成一個古裝老頭，在街頭叫賣冰糖葫蘆。

那時，Y為了演好自己的角色，把工作都辭掉了！為了能有機會再演……他幾乎天天打這個導演的電話，也願意一次次獻身，而他跟著這個導演跑了全國好多地方，很多時候他只是搬運道具的工作人員，有機會出鏡時，他一直都是群眾演員，每一部影片上都沒有他的名字。

「為什麼在街頭叫賣冰糖葫蘆的一定要是一個老頭？而不是一個美少年……皇帝微服私訪……他聽到悅耳的叫賣聲，他看到美少年……然後就……」

Y和這個導演同床共枕時，他曾一次次地想讓這個導演改動劇本……

「聽你的話，我拍的電影就不能公開上演了！」

「你如果聽我的話，你拍的電影肯定獲奧斯卡獎了！」

……

這個導演一直沒有成為著名導演。

Y跟著他好幾年，只有一次機會成為男配角，可是電影拍到一半時，投資商因為和女主角的曖昧關係突然撤資跑了……這部影片最終沒有拍成功，Y的名字最終沒有上過影片。

幾年之後，Y就放棄了自己的影星夢。

當他偷窺到這個導演有時和男演員上床，有時還和女演員很親熱……

他又開始了失眠，他厭倦了演戲，他刪掉這個導演的電話，又回到鄭州重新找工作。有時，他還會去公園，去金水河邊發一會兒呆。

……

夏季的夜晚。公園裡，或金水河岸邊的木亭子裡，時常會有一些流浪漢，他們在這個地方過夜。他們背著大包小包的來到這個地方，不怕蚊蟲叮咬，隨便找個長椅，一覺睡到天亮……他們中有些人撿拾飲料瓶，有些人會在黎明時趕到解放路橋下的勞務市場找臨時工。從木亭子到一片片的樹叢，河的北岸和南岸，全有GAY的身影……

Y不願意看到那些全身散發著臭味的流浪漢，就只在河的南岸活動。

有人居然把幾個流浪漢給掰彎了，這些學會做1的流浪漢為了滿足欲望，帶著毛毯棉被來到河的南岸邊的土城牆上睡……地上鋪著棉被，赤裸的乾瘦的軀體遮蓋著破舊的髒兮兮的毛毯。

河的南岸有更多的青春帥氣的身影。

小徑上有孤獨的或成群結隊的腳步聲……

一大片一大片的樹叢的陰影遮擋住過多的路燈光……

有一個孤獨的身影停了下來，他靠近躺在地上的流浪漢，伸出手去摸……這時，Y也走了過來，他停下腳步……被強烈地吸引……他也借機伸出手摸了一把……手感很好！當他把自己的手指放到鼻子下嗅了嗅……就馬上閃開，去找公廁洗手。

「有誰會把這個流浪漢請回家？像伺候老公一樣給他好好洗個澡，然後……」

Y只敢幻想不願意去做，他最想要的不只是肉體上的還有精神上的情感上的……

一動了欲念，就讓Y失眠！

不想回家，空空的一個人的家。

……

午夜過後，兩點過後，公園裡，河的兩岸安靜下來。

Y看了看手機，知道自己已經錯過了最後一班公交車（公車）。他想花三十塊錢打出租車回去，又覺得還不如花三十塊錢去同志浴池……

Y只去過一次同志浴池，他是臉皮薄的悶騷型，又渴望性愛，又怕被別人看到……

「不去了……再過三個小時，天就亮了！」

Y自己告訴自己，然後去找距離最近的麥當勞。餐廳裡有幾個「月光族」小青年正趴在餐桌上或倒在靠椅上睡覺……Y去前台花二十塊要了一個套餐，他隨便找個空位置坐下，一邊慢慢吃東西，一邊偷窺那些青春的疲倦的臉龐。

一個三十歲左右的青年睡醒了，他在餐廳裡找衛生間……

「奇怪，這一家麥當勞裡沒有廁所？」

「對面……穿過馬路，對面的那一幢樓有地下室公廁……我也要去公廁，我帶你去！」

這個時候，天快亮了，但還沒有亮。Y就帶著這個直男青年去找公廁，在公廁裡，沒有語言交流，只有肢體動作，Y把他臨時掰彎了一次……還給他留了電話。

兩天之後，這個有男人味但長得並不帥的青年給Y打了電話，說很想他，晚上想去他家睡覺……這讓Y很感動！Y一直認為同志圈裡的GAY個個都很花心，用情不專……還是自己親手掰彎的戀人最好啊！

那一夜，Y很是開心，感覺自己是最幸福的一個人！

……

「哥哥，我沒有固定的工作，想買一個玻璃推車賣燒烤……」

Y沒有多想，馬上借給了他兩千塊……他高高興興離開後，Y才知道，自己還不知道他的真實名字？

「沒事……下次見面後再問他的名字！」

當Y沉浸在甜蜜的幸福中回味……

他找到他的還沒有在好友名單保存的號碼，打過去，一次又一次……然後又借用別人的手機才能打通後，才知道自己的電話被他拉黑了，被他騙了！

Y很傷心……他悲憤中想報警……

隨後的幾天，Y發現自己感染了腳氣……他回想著自己是怎麼在麥當勞裡與他相遇，然後找藉口帶他去地下室公廁……他以為憑藉自己漂亮的臉蛋不胖不瘦的身材白白淨淨的皮膚是完全可以掰彎一個普通的男人，可是，自己有沒有真正掰彎他?!但對他付出的一夜情是真的……讓自己心痛！

Y以為自己過幾天就可以完全忘記這個人，可是卻被他傳染上了腳氣……回想那幸福的一晚，兩個人互穿一雙拖鞋，去衛生間……回到床上親吻擁抱！明明能夠感受到那甜甜的呼吸，那滾燙的舌頭和心跳……可是，這只是沒有導演安排的一場戲！

隨後的一段時光，Y天天扣腳氣，他一扣腳氣，在回味中就能再次重現那忘不掉的甜甜的讓人心動的一個夜晚。

他後來夢遺了……一次又一次，夢中的天使永遠拒絕穿上褲子！

他脫掉內褲和襪子一起清洗……

癢，很癢……

他懷疑自己又感染了性病？……他只好去了醫院，確診自己是感染了腳氣，因為把內褲和襪子放到一起洗，生殖器也染上了腳氣……醫生開給他的藥，很快就治好了他的腳氣。於是，他就淡忘了那個男子，奇特地想起那個醫生。

「我的前列腺是不是肥大？」

醫生向他推薦了另一個科的另一個醫生。

「我的前列腺是不是肥大？」

醫生戴上了指套……深入觸摸……

「啊！啊……」

「疼嗎？」

「不疼，感覺很舒服。」

「沒事，你的前列腺正常。不過，你長了一顆痔瘡，只有黃豆那麼大，你想做手術可以給你割掉！」

……

一個星期之後，Y又去了醫院掛了號。

「我的前列腺是不是肥大？」

「我記得你已經來檢查過一次了？好吧！再給你好好檢查一次……你的痔瘡還是那麼大，想割掉嗎？」

……

就這樣，接連一個月，Y去了醫院找同一個戴指套的醫生檢查了八次，他只檢查前列腺，拒絕割痔瘡。

「……你是不是上癮了啊?!你是不是那種人？……」

Y的臉紅了……

Y沒有了勇氣再去檢查前列腺，他去了大眾浴池，和一群陌生的直男在浴池裡泡澡。他想到了自己的那顆黃豆大的痔瘡，把身子潛伏下蹲，用一根手指……然後用兩根手指的指甲狠狠地掐拽……一片紅突然從水池裡冒出來，染紅了池水……泡澡的直男們嚇得慌忙逃出水池……

當春風又到了金水岸，Y帶著一顆懷春的心又到了沿河的公園。人群中……他獨來獨往。

一個孤獨的他……遇上另一個孤獨的他，相愛卻很難！

Y只能活在自我的價值觀自我的世界中，他每晚的經歷就像「沙盒類遊戲」，和陌生人只能相互發洩，而戀愛就像拆「盲盒」？……

他以為自己是一個運氣不好的悶騷0，當他遇上一個升級版的喜歡被「雙龍」的瘋0時，他驚呆了……還有，那些重量級的喜歡拳頭的0和喜歡SM的0！

孤獨沒有盡頭……

Y在午夜的街頭閒逛，有些飢餓感，就尋路邊的那些時常被城管驅逐的小吃攤……他走著看著，選擇菜加餅還是鐵板燒烤串？他無意中發現在街頭擺玻璃推車賣涮串的一男一女，那個男的就是騙他感情騙他兩千元錢的那個直男！……他身邊的小個子女人又黑又瘦，兩個人在夜色的路燈下配合得很默契，像是已婚的一對夫妻……

曾經在Y的床上猛得像「平頭哥」，此時的他突然看到Y正慢慢向他走近，他那乞求般的卑微的討好別人的小商販表情一下子變得灰暗下來，他快速垂下眼簾，目光閃避……肢體僵在玻璃推車後不動了。

「想吃什麼串，自己選……」

女人的聲音迎上去……

……

「你結婚了嗎？」

「沒有……」

「我也沒有結婚，你如果願意，我們可以像正常的夫妻那樣天天生活在一起……」

……Y沒有忘記那一夜情，他和他都說過的話……他以為把他給掰彎了就可以為他的一生負責……可是，他沒有機會……

Y伸出細長的白淨的手指隨意抽出十幾個串，遞到這個女人短粗油膩的手上……他繼續直視這個不敢抬頭的男人。

……

「要辣椒嗎？」

「不要……啊！要……」

Y想起自己的痔瘡已經被自己掐拽掉了。

「再給我來一罐啤酒！」

……Y的臉上沒有一絲的怨和恨，他聲音柔和地對他說：

「給我撕點手紙……」

他努力哼了一下，拿起一卷手紙給Y，又遲鈍了一下就自己動手給Y撕，手一抖，一圈紙從手中滾落成一條白帶……穿過了玻璃推車！Y彎下腰，快速撿拾起這條滾向自己的白帶……

Y的眼前閃現影視畫面中……新娘和新郎的手中牽著一條紅帶……

「多少錢？」

「不用了，我請你吃……」

Y拿出手機，掃了小推車玻璃上貼的收款二維碼，支付了二十元，轉身離去。

「你倆認識？」女人的聲音。

「我剛認出他是我以前的同事……」男人的聲音。

Y越走越遠……

他拿出了手機，最終沒有報警……他忘不了那一夜情，有多麼地甜蜜，又有多麼地讓人心痛……算了，自己得不到的幸福生活，就讓他們得到吧！

「春風又到了金水岸……

一個人徘徊在水邊一天又一天……

……有緣人最終能夠相見！」

二〇二二年二月二十六日，鄭州

牧歌

在一期民間報紙《時代作家》上，S看到了同性戀詩人M的詩，激動了一個晚上，天還沒有亮，就給M寫一封長信……一直寫到上班的時間到了，他才匆忙出門……去單位報到後，把自己的節目設定為重播，然後去郵局寄信。

S是P市人民廣播電台文藝部的一位資深播音員。

……

M給S回了信，答應去P市做一期詩歌節目。那時，S已經有了手機，而M最常用的是IC電話卡。在電話裡，M告訴S，他已經定好了從北京到P市的火車票。是早上的火車，因為南方暴雨，火車一直晚點……中午，火車進站的消息還沒有，M只好排隊去退票，然後再排隊買明天的同一列火車票，出了火車站，M找到IC電話廳，和S通了電話……又過了一天，又在同一個IC卡電話廳，M告訴S，因為暴雨，火車還是沒有來，他又退了票……買了明天的，另一列沒有座位的站票。S在電話裡說，他買了很多的熟食肉品，因為沒有冰箱，都快要臭了！

三天之後，M終於到了P市。

S看到二十九歲的M很高興。

而M看到比自己大二十多歲的S時，有些失望！

為了一期詩歌節目，兩個人還是有說有笑地走到了一起。

「我租住的院子很大，但是房子簡陋，還是安排你去住酒店吧！……我等到你來太難了，給你買的那些熟食都臭了扔掉了……」

M從小在農村長大，他習慣了住院子，也不想讓S破費……

請M來做詩歌節目，不是廣播電台領導的意思，而是S的私情欲望……

M選擇和S一起住院子。

「我來之前，已經自選了十首非同志詩歌……」

「不，不朗誦那些不痛也不癢的非同志作品！你已經出櫃了，還怕什麼？我也不怕，我已經作好了退休的準備！……就朗誦那些有代表性的同性戀詩歌！」

院子裡有三間瓦房，院裡院外長滿了楊樹。知了在一大片……一大片的綠蔭中歡唱；在露天的有一片陽光的位置，有一口壓水井，旁邊有一個大水缸，水缸裡晒著半缸的水……

M讓S轉過身，走遠一點……

S還是忍不住回頭偷窺，M脫掉牛仔褲跳進了大水缸……S突然跑回屋，拿著膠卷相機偷拍……

S的房間裡很雜亂，床上，沙發上，桌子上，到處是書和衣服……S一邊請M坐，一邊忙著泡茶葉水……M挪動沙發上的幾本書和一條毛毯時，看到一個跳蛋，他按了一下按鈕，跳蛋嗡嗡地響著顫抖著……M快速把跳蛋放進自己的內褲感受了十幾秒……紅著臉拿出來，關掉了按鈕，很快，他在一堆雜物中，又找到了一塊有洞口的橡膠肉……

「我因為長期缺少性生活，都五十歲了臉上還長青春痘……」

M感覺S又老又醜……但聲音很有磁性！他沒有過多留意S臉上的紅痘痘。他決定，明天上午做完錄音後，下午就回北京。

「我沒有去過公眾浴池，因為我的那個東西長得很大，大得嚇人……」

M從書架上取下一本《中國社會底層訪談錄》。

「我喜歡廖亦武著的這本書，我讀過他的另一個版本的……」

「我有李銀河全套的書，你應該喜歡李銀河的作品……我沒有去過公眾浴池，因為我的那個東西長得很大，大得嚇人……」

「S老師寫詩嗎？你喜歡中國當代哪些詩人的作品？」

「不要叫我老師，其實我的心靈還一直停留在童年時期，我寫過好多年的詩，後來明白自己是戴著面具寫東西，就不想寫了……自從讀了你的詩，我感覺自己死了二十年後又復活了！我在盼望著你到來的這幾天，夜夜失眠！……我寫下了一篇又一篇散文詩！我現在就拿給你看……」

M放下手中的書，讀S的手稿……

「此時此刻，你知道我是什麼感受？」

「謝謝！」M放下手稿，接過S遞來的一杯茶葉水，問：「只有一個水杯嗎？我用你的水杯，你用什麼喝水？」

「我計劃讓你住酒店的，所以，沒有準備水杯……我用碗喝水就行了！」

「此時此刻，你知道我是什麼感受？……我感覺自己就是那個又老又醜的魏爾倫，而你就是傳說中的蘭波！」

「我讀蘭波的詩很少……我的寫作不受他的影響！」

「……我想辦理病退，提前退休，和你一起去草原……我為單位付出太多了，十八歲就參加了工作……二十多歲時，出差去做採訪出了車禍……我差一點被撞死！我的一張賈寶玉一樣的臉被撞得變了型，一隻眼睛永遠失明了！……我付出的太多了，最後什麼都沒有得到，孤獨一個人到老?!這太不公平了……我要提前退休，和你一起去草原寫詩！」

「草原？……我喜歡大海，夢想去海邊生活……」

S在一堆信封中找東西，他找到一張黑白照片給M看。

「你看，你看……我沒有出車禍之前的臉，是不是很好看？」

「是的……」

「我的臉被撞醜了！不過，別的部位都很好，真的，不信你摸摸……我都不好意思去公眾浴池，我的這個東西太大了，大得嚇人……」

M沒有去摸S。

S就主動脫掉自己的褲子，展示自己驕傲的部分……

M笑了，他也脫掉自己的褲子，炫耀自己的東西……

當S靠近時，M卻快速提上褲子閃開了。

「誰的大？」M問。

「我的比你的粗，你的比我的長！……」S說，他看著M跑到院子裡去洗手了。

很早，很早以前，S還沒有出生之前。S的爺爺去北京經商，發了財，在北京買了一個很大的院子，又娶了一個奶奶，S的親奶奶被爺爺拋棄了，她執意不嫁，帶著S的未成年的父親回到河南鄉下生活。S的祖籍在山東。

「北京有一個很可恨的人……」

這是奶奶從小灌輸給父親，父親又灌輸給S的記憶。奶奶堅持不再嫁人，日子很苦也要讓S的父親讀書……父親是個好父親，他孝敬奶奶，尊重S的母親，他們生養了S的姊姊，S和S的妹妹……他們終於有一個幸福的家。

可是，還沒過多久，文化大革命爆發……S的父母被逼得自殺了！苦命的奶奶帶著三個可憐的孩子……奶奶去世之前，沒有去北京求過爺爺。

從少年時，S就缺少父愛母愛，他堅持自己的信念，再苦再窮……不去北京求爺爺！在他最需要幫助的時候，他結識了一個乾爹，這個乾爹資助他讀書，還通過各種關係，讓他擁有自己最喜歡的工作。

這個乾爹把S變成了同志。

當S出了車禍，相貌改變後……這個乾爹就像爺爺拋棄奶奶那樣，無情地離開了……

兩個人並排躺在床上，講故事講到天亮……

M還在睡，S去了單位，把自己的節目設定為重播。然後，回到住處，兩個人繼續睡……一直睡到黃昏，S請M去喝啤酒……然後進了廣播電台的錄音室。S首先介紹了一下M，隨後，他朗讀了一首M的詩，接下來，由M來朗讀自己的詩，這些同性戀題材的作品也只能在酒後才有勇氣大聲地朗誦……

午夜，兩個人回到了住處。

S想聽M的故事，M講自己經歷過的故事，一直講到天亮。

M還在睡，S去了單位，把昨天錄製剪輯好的詩歌節目播出了……他沉思了許久，才離開播音室。S雖然一夜沒睡，他回到住處，半躺在沙發上，還在胡思亂想……

M睡到下午時，起了床。

「我今天準備回北京。」

「不要走，你的故事我還沒有聽完……」

「以後還有機會再見。」

「我想聽你更多的故事，我準備寫一本書，書名就叫《上帝的壞孩子》……你是我的這篇小說的主人翁！」

「……你寫出來，你能確定出版社給你出版嗎？」

「……出版社不願意出版，我可以自費出版。」

「如果不批給你書號呢？……」

「……還可以找港臺地區的出版社。」

「好吧！我就留下來給你講故事……最多一個星期，我還是要回北京的。」

……

在理髮店門外。

「……就是這裡，我認為他是全城最帥氣的理髮師！」

「他是 GAY 嗎？」

「我感覺他有這方面的傾向……」

「你為什麼不去掰彎他……就像，你的乾爹是怎麼一點點……一點點把你掰彎的。」

「我沒有自信……要不，你幫我把他掰彎之後再回北京吧！」

「我的臉皮不夠厚，臉皮厚才能吃個夠！」

「你試試他吧！」

「怎麼試試他？」

「先讓他給你理理髮，然後再刮刮鬍子……」

兩個人進了理髮店，店很小，大約只有六平方米。理髮師是一個二十多歲的帥小夥，瘦瘦的身材，白淨的皮膚，溫和又友好的表情……

理髮師給 M 洗頭時，S 拍了一張照；理髮師給 M 剪髮時，S 又拍了一張；理髮師給 M 刮鬍子的時候，S 又拍了一張……

兩個人走出了理髮店。

「你感覺怎樣？」

「被這個理髮師觸摸著很舒服……」

「人的快感通過肌膚可以傳遞的……當你舒服的時候，你的快感同時也傳遞給了他！我感覺這個理髮師和平時我一個人來時的表情不太一樣？……我感覺這個理髮師是可以被你掰彎的！……你沒有別的念頭嗎？有沒有想過捏一下他的大腿？」

「我不敢……我怕他用剪刀剪我！」

「……如果我能回到從前，回到那一場車禍之前，我遇上這個理髮師，就有勇氣向他表達我的真愛！」

「他知道你是播音員嗎？」

「不知道，現在喜歡聽廣播的青年越來越少了！」

「你等一下我……我很快回來。」

M說完，他快速返回了理髮店。

S站在理髮店附近等M。

一會兒，M笑著走出了理髮店，理髮師也跟著走到店門口，他用閃亮的目光快速搜索到了S，微笑著揮了揮手……

「你對理髮師說了什麼？」

「我問他平時聽不聽廣播，他說他喜歡聽歌曲……我告訴他，你是本市人民廣播電台的播音員，你的節目播出的時間！」

「太好了！……有這麼一位帥哥聽我的節目，我感到欣慰。」

S一次又一次努力地親近M，都被拒絕了。

「……怎麼了？我吃得不舒服嗎？」

「……疼！雖然你是播音員，但是你的口活是我遇上的最差的一個！」

「再讓我試試……」

「我都疼得陽痿了！」

「……我該怎麼辦？以前都是乾爹給我吃！……我是第一次給別人吃……我的口活不好怎麼辦？」

「要不就拿根黃瓜訓練自己……要不就不做0號，堅持做1號……」

「聽起來簡單……其實是個難題！」

兩個人一起去了動物園。

「你見過獅子笑嗎？」

「獅子也會笑?!」

S帶著M去看獅子笑。

在柵籠裡，一隻毛髮正在脫落的獅子似乎正在笑……

「牠是在嘲笑我們是同性戀嗎?!」

「不，牠是在嘲笑所有的人類……」

一個星期之後，M還是離開了P城，回到北京的貧民區，居住在六平方米的小平房裡繼續作夢。S送給M一個大信封，裡面有他寫給M的詩稿，二十多張他給M拍的照片，還有一張自己年少時的黑白照。

「我會給你打電話！」

「好的，再見！」

「我會每天給你打電話！」

「不行，我有時要打工，有時要寫東西……你一個月給我打一次就行了。」

「不，我等不了一個月，一個星期都等不了……我至少兩天會給你打一次電話！你要準時在IC卡電話廳等我電話！」

自從M走了之後，S不想再錄製新的節目，他把M的同志詩歌，重播一次又一次……每天盼著和M約定的時間通電話，可是，M回到北京之後，只接了一次他的電話。

他失落……他不相信一個讓他感動得流淚的詩人是無情的……乾爹拋棄他的陰影……奶奶被爺爺拋棄的陰影……重重陰影疊壓過來，S不停地給M打電話，M不再接電話……最後一期給M做的節目不停地重播……S煎熬了一個星期，為了讓自己不再給M打電話，他就摔壞了自己的手機……

S辦理了病退。

他宅在院子裡一個月，完成了他的長篇小說《上帝的壞孩子》。

當S走出院門，上街閒逛時，他遇上了一位女同事，這位女同事很友好地告訴他，單位裡有很多他的私人信件。

S領回這些信件，讀著，讀著，讀著就興奮起來了……他為M的同志詩歌做的一期節目沒有白做……吸引來十幾位同志聽眾的來信，這正是他想要的。

「那個帥得不能再帥的理髮師會不會給我寫信？」

S給每一個同志聽眾回了信，告訴他們，S已經提前退休……告訴他們，S是單身的GAY！告訴他們，S的住址……告訴他們，S只接受未婚的單身同志……

那個帥得不能再帥的理髮師沒有出現，前來約會的是一個經驗豐富的MB。這個MB已經三十八歲，他謊報自己只有二十五歲，他一聲老師，又一聲叔叔地叫……他又是蹦又是跳地往S的懷裡鑽，他甜甜地哼，他絲絲麻麻地叫，他用熱乎乎的舌頭舔啊舔……左一下，右一下……S一下子就暈了……

S和這個MB同居了一個多月。

這個MB每天都變著花樣讓S花錢給他買東西……父親得了什麼什麼病需要錢；妹妹考上了什麼什麼大學交不起學費；奶奶要過生日……這個MB從S身上擠不出油水後，就快速閃退離開了。

S傷心至極……他病倒了，高燒好多天不退，在醫院裡住了三個多月，他的磁性的聲音從此變得沙啞……

那已經是二〇〇三年夏季發生的故事了。

二〇〇四年的夏季，M又來到了P市，他帶著一份二〇〇三年下半年完成的長篇小說的打印稿來看S。

S很高興。

S讀M的小說，讀啊讀啊……S不高興了。

「你知道嗎？我寫的那一個長篇小說，從頭到尾，寫的全是你！……而你寫的這篇小說，我讀了快三分之一了，還看不到我的影子！……難道我在你的記憶中從沒有存在過嗎？」

「對不起，我一直把你當作一位文友……」

那一天，M只在P城停留了半天。

兩個人一起去市場買了菜，但是，兩個人沒有一起吃晚飯。一個人在家裡泡了一桶方便麵，另一個人在火車站的候車室泡了一桶方便麵。

從此，S和M沒有再見面。

十年之後，S離開了河南，成為山東某一個教堂的一位牧師。

十年之後，M為S寫了一首詩，發表在網絡和民刊上，後來，把這首詩選入一本詩集，詩集印得很少，只有幾十本，M沒有S搬家後的地址，詩集一直沒有寄出……

二十年之後。

一個人……

或有兩個人在回憶同一個場景：

……有兩個人一起去了夏季的動物園。

「你見過獅子笑嗎？」

「獅子也會笑?!」

穿著黑T恤的男子帶著穿白T恤的男子去看獅子笑。

在柵籠裡，一隻毛髮正在脫落的獅子似乎正在笑……

「牠是在嘲笑我們是同性戀嗎?!」

「不，牠是在嘲笑所有的人類……」

二〇二二年九月二日，龍湖鎮

負一層

又到了週末。

一個人的晚餐，可以簡單……重複這種簡單，不知不覺，已經過去十年！

D現在可以歸類為單身中年，也可以勉強自己在青年的G群裡再混一年或兩年。當D感覺自己不再年輕，孤獨感失落感……加上失眠，讓他確認自己不能一個人走完這一生，所以，必須在自己這朵花還未凋謝時，找到一個BF。

有人說：「四十歲的男兒一朵花。」

他想去洗澡，洗去的不是花香，而是汗臭味！再繼續老去……還會讓人聞到老年人的味道。所以，必須在自己老去之前，找到一個可以依靠的BF。

燈光像花朵在夜色裡盛開……

還是坐上那一班公交車……

還是那一站下車，再走沒多遠，就是高樓的負一層同志浴池……不記得自己來過多少次？每次幻想著來，疲倦後離開！沒有可以回味的肌膚或聲音。

……那熟悉的眼神！

……那熟悉的暗示！

……那熟悉的性交動作！

相互發洩完後……戴上陌生人的面具，然後離開，像機器投入工作。

D又走進了同志浴池。

他洗完澡之後，沒有了興趣進「小黑屋」，就半裸著身子，坐在前台旁邊的沙發上，窺視前來登記的新面孔。

M的突然出現，讓D眼睛一亮。

「你來過幾次了？」

「第一次來。」

D牽住M的手，招呼著……很快，D買了兩瓶飲料，問都沒有問就把一瓶塞進M的手裡。

M對D不好意思地笑了笑：

「我先脫衣服洗澡……」

D看著M脫掉一件又一件……沒有失望，又增加了許多的好感！

M洗澡時，D手中拿著兩瓶飲料，守護在旁邊……

「去哪個位置休息？」M問。

D把兩瓶飲料遞到M手裡，幫M擦乾背上的水珠……然後接過已經打開的那瓶綠茶，示意去靠近燈光的人少的大廳休息。

那時，已經有幾十人擠進了「小黑屋」。

D閉上眼，擁抱住M，兩個人躺在並排的一排床上。

沒有言語的交流，只有肌膚和肌膚的觸動……

有一個人走過來，在M左邊躺下……又有一個人走過來，擠在D的右邊半側身躺下……午夜時分，大廳裡的燈關掉後，床上的身體和身體開始顫抖起來。

兩個人的肢體動作，會帶動一排……D在半睡半醒之間，勃起……他親吻著M，用熟練的動作，再次重複昨天的自己。

很快，D進入了疲倦，感覺身邊的M可有可無……他想獨自睡去。而就在這時，做完一次0的M，現在要切換角色，他要做1進入D，讓D有些心煩……

而就在這時，躺在M左邊的另一個看不清面孔的男子取代了D的位置，他讓M享受另一層的快感發洩……D的身體被夾在左右兩邊的激情中……被別人的顫抖觸碰著。D的意識……發洩完之後，又是幻想的破滅，還未來得及戀愛就已經失去。

還是重複昨天的自己嗎？

記得自己坐在前台時和守護M時，並不是這麼想的……而M是0.5，自己也可能是0.5……

D想起M時，在黑暗中，已經感覺不到M去了哪兒？

或許，他剛剛發洩完，正在清洗自己……

「為什麼不讓M先做1？……」

D在黑暗中回味M的氣息……他是真的喜歡M，而他已經習慣了，十年了……每次來到同志浴池都是這樣！

M比D年輕十歲，他就像十年前的D第一次走進同志浴池……

M還會回來嗎？如果是十年前的自己肯定不會再回來……他知道，此時的M比自己更有吸引力。

D去沐浴間，他沒有看到M。

回到大廳……

他無法在黑暗中找到M。

他有些失落，想一想，年輕的M就像十年前的自己，正迷失在一個又一個誘人的肉體中……十年前的他，可以一次又一次拒絕別人……剛拒絕完，又有新面孔出現，他享受著新的肌膚……就像在換一件件衣服。那時，他不懂得珍惜，也不去分辨哪些是真情真愛？當他也開始被別人拒絕時，他知道自己已經不再年輕帥氣！他的臉上寫滿越來越多的皺紋……性交的次數減少到讓人陷入孤獨。

M可以成為自己的BF嗎？

D在黑暗中失眠，躺在擁擠的肉體中渴望著可以彌補他的那一部分……

疲倦後進入睡眠，不知什麼時候被人弄醒，拒絕……再次進入睡眠。

當D睡醒後，他看到大廳裡的上百人已經剩下沒幾個人，年老的體瘦的不為工作而煩心的他們還在蜷縮中裹著毛巾被睡眠。

M是什麼時候走的？沒有留聯繫方式……下次還能再見嗎？為什麼要去在乎這一夜情？他走了也沒有和自己打個招呼?!他太像十年前的那個自己。

「……薄情寡義！」

D又回到了自己租的那間沒有光需要燈光的地下室，修整完自己的外表，再次投入到工作中……他以為勞累一天，喝點酒就可以什麼都不再去想，快速進入一個人的睡眠，然後再投入明天的，明天的工作……

D在夢中看到了M，他正站在街道的對面……這時，一輛公交車走了過來，擋住了D的視線，等公交車開過去之後，M不見了，他快速穿過街道，尋找M的背影……街道上再也看不到一個人影……

D從夢中醒來，他摸著牆壁找到燈的開關，然後找到昨夜喝剩下的果汁……然後看看時間，距離天亮還早，距離上班時間還早……他縮回被窩，回味夢中的M……夢中的M更單純，似乎還是一個沒有進入圈子的少年?!

很快，這一天的工作結束了。

他本來打算週末去那家同志浴池的，週二的晚上他就去了……來的人沒有週末時多，他走進浴池時期望再次遇上M，但是沒有，他沖完淋浴後，下半身圍上一條浴巾，坐在前台入口處的沙發上等……第一次，他就是這樣遇上M的。

這次，他等到午夜時分，大廳裡的燈按時關掉時，M也沒有出現。

也許明天，也許週末……M一定會來吧!他記得自己十年前，每個星期至少有三個晚上是在浴池度過的。

D回到大廳，微弱的提示燈下，他熟悉每一排床，還有整夜傳來呻吟的「小黑屋」。

還好，有空床位……

D在睡夢中又看到了M，好像是在車站？好像是在商場？……M正站在電梯上往上走，而D也正站在電梯上往下走……兩個人距離越來越近時，M突然側過身子看到D，然後對D微笑……而上下的電梯很快拉遠了他們之間的距離，當D的腳移動到地面時，他快速掉頭上電梯，去追M，而M的身影已經消失在陌生的人群中。

這時，有一隻手摸過來，D在黑暗中意識到這不是M的手，他很快疲軟了，那隻陌生人的手很快離開。

「為什麼又夢到了他？」

就這樣，每晚的每晚，因為思念和自己一夜情的M，D坐在地下一層的浴池入口處等。他已經不記得曾經和M聊過什麼？但他記得M說過和他居住在同一個城市的同一個區，他的工作是？……想不起來了。

三個月過去了，M一直沒有出現。

當D再次來到負一層的浴池，他感覺身心疲憊，不再期望M，洗完淋浴，他很失落地躺到第一排床的最邊處，這時，有一個老頭湊過來，D不想看他的表情，馬上閉上眼睛。

「年輕真好……」

另外一個人的呼吸越來越近……快要靠近自己的嘴巴了。

這時，D快速用手罩住自己的嘴巴，感覺老頭乾澀的嘴唇吻在了自己的手背上……

「年輕真好……」

老頭嘆息一聲，慢慢地起身，慢慢地移動著腳步走開了。

D心底升起一絲絲的憐憫……來這個地方的老頭，都曾經年輕過、陽光過、帥氣過。而此時的自己已經步入中年，再過十幾年或二十年，自己就和他們一樣。

不想獨自一個人老去，不想和不愛的女人結婚生孩子，不想……不想帶著幻想一次又一次來到浴池，幻想一次又一次破滅，還是獨自一個人回到自己租的地下室。

一滴淚珠突然從臉頰滾落。

懷念那逝去的青春時光。

D在恍恍惚惚的夢中，又見到了M……M的微笑越來越近，D伸手牽住了M的手，這次，他不準備放手……他怕一鬆手M就會消失！

他緊緊牽住M的手，走進大樓的第一層，推開門，房間裡套著房間，門裡邊的房間裡有另一個門，再推開門，是另一個房間，另一個房間裡有另外一個門……他不停地推開門，總是聽到一些腳步聲走過來，他們或她們也要走進這個房間嗎？

他緊緊牽住M的手，上了二層，推開門，還是門，推開門，推開門……一個房間，又一個房間，所有的房間都有兩個門，燈亮著……床在哪兒？又是別人的腳步聲……聲聲靠近！

啊！他緊緊牽住M的手，上了三樓，上了四樓，上了五樓……爬上了高高的樓頂，可以看到日出……啊！天怎麼這麼快就亮了！……又要準備去上班了！

不！他緊緊牽住M的手，迴避日出……下一層樓再下一層，再一層……再一層層……往下飛奔……終於看到地板上裂出一個黑窟窿，兩個人逃一般地快速跳下去……

D在夢中感覺自己的床，像一艘船，又像一口棺材……床在黑暗中搖晃，不用開燈，他就能看清M的嘴唇……他快速貼上自己的嘴唇。而就在這時，他突然感覺自己的屁股很不舒服……想要上廁所？想要拉屎？……這時，有一根東西快速從自己的屁股裡湧冒而出……他伸出左手拽了一把，拽出一根又像大便又像油條一樣的東西？……這太尷尬了啊！……還好，M正閉著眼睛和自己接吻……還好，他快速把自己的糞便藏到了席子下！可是，他在夢中還是擔心M會聞到他手上的氣味……去洗手？

這時，一隻溼涼的手正在黑暗中摳D的屁股……D從夢中驚醒。

這一天，當D坐在浴池大廳的入口處，看著一張張熟悉的面孔閃現時，他沒有和任何人打招呼，他不知道自己為什麼還要去等M？

這時，有人從D面前走過，他停下腳步看D。

D的目光與他對視時，閃亮了一下，他興奮地跳起來，擁抱住了M。

「我等你等了有一百多天了，你終於來了！」

「我最近正在換工作……」

「找到滿意的工作了嗎？」

「已經面試好了，老闆通知我明天去上班！……我一高興，就想來這裡放鬆一下，明天努力好好上班！」

「……太好了！真為你感到高興！我以為再也見不到你了！這次，我們要相互留電話……這次，我一定會滿足你的！我想成為你長期的朋友！」

「好的，我先去洗澡，回頭再聊！」

D看著M拿著自己的鑰匙牌找到櫃子，然後一件一件脫掉……

「不要再脫了，和我一起走吧！去我住的地方……」

M愣住了，他心想自己剛買完門票，衣服還沒來得及脫完就離開？……

「和我一起走吧！去我住的地方或去酒店開個房間……我是認真的，我是真的喜歡你！」

M和D對視了一會兒，同意穿上衣服和D一起離開。

兩個人暫時閃開，各自去穿自己的衣服。

D伸手攔了一輛出租車。

兩個人在朝陽區的管莊站下了車，那時，管莊站的地鐵站還沒有開通，附近的小平房還沒有拆掉。

「我住的地方條件不太好，還是去酒店開房吧?!」

「我不會介意的，你不是說要和我成為長期的朋友嗎？……能夠同甘共苦才能走到一起。」

「我想請你吃晚飯？」

「我今晚已經吃過晚飯了！」

「那就陪哥喝點酒吧！我今天剛好發了工資！而你又剛換了新的很滿意的工作！就一起慶祝一下吧！」

兩個人走到一家小餐館時，已經是晚上十點。

兩個人離開這家小餐館時，已經是晚上十一點。

再走十幾分鐘，就到了一個小區的地下室，D住在負一層。負一層就像一個地下旅館，可以長期租，也可以只住一晚，有共用的衛生間和洗澡間，還有一個很小的小賣部。

D的房間很小，床是單人床，床比浴池裡的床要寬一點，房間裡只有一雙拖鞋。

「我在這間地下室裡已經住了十年，從沒有帶過人來住！我這裡的條件太差……」

「等我的工作穩定後，我倆一起合租房子住……我喜歡朝陽的有窗戶的房子。」

「只有一雙拖鞋，弟弟先去洗吧！」

D把毛巾和洗髮水遞給了M。

M走出D的房間，去公眾沐浴間沖洗完，當他往回快走到D的門口時，他又返回，去小賣部買了兩瓶果汁。

「哥哥，你喝的白酒比我多，喝些果汁醒醒酒勁……」

「來我這裡，還讓你破費！……」

「我擔心你喝多了硬不起來！」

「我沒事的……我會讓你前後都爽個夠！……」

D抱住M親吻了幾分鐘，然後去洗澡。

……

兩個人相互擁抱，親吻著……來回了兩個回合後，繼續擁抱著進入了夢鄉。

早上七點時，鬧鈴響了……M快速從被窩裡鑽出赤裸的上半身，他推了推D：

「哥，快起床，我們兩個都該去上班了！……你早餐想吃什麼？我請你！」

D懶洋洋地從被窩裡鑽出來：

「好弟弟，我真想請一天假，繼續抱著你睡……」

「我今天去新的單位，第一天上班，我不想遲到！哥穿衣服快一點……」

兩個人都穿好衣服，正要出門，剎那間，D的臉色變了色。

「我的錢包不見了！」

「什麼？……」

「我的錢包真的不見了？我昨天剛發的工資……」

「會不會丟到飯店了？」

「……昨晚，你去洗澡時，我脫外套夾克時，錢包還在我的口袋裡？……」

「你再好好找一找，會不會掉到床底下了……」

D去床底下找，沒有找到，他翻開枕頭，又翻開全部的被褥，還是沒有找到，他和M的眼睛對視，看到M的眼睛裡全是無奈和悲傷！

D喪氣地坐在床上。

M沉默了一會兒，說：

「我不會走開的，一直到你的錢包找到為止！……你再好好想一想？你的房間不大，房間裡的東西也少，一定會找到的！」

D開始一件一件地翻看自己的衣服口袋，床上的衣服，牆上掛的衣服……還有大紙箱小紙箱……

「找不到就報警吧！」

D已經不再懷疑M，M那雙傷感的眼睛讓他心痛！可是錢包去了哪兒？……時間一分一秒地過去，兩個人都餓著肚子……

M不敢再靠近D，也不敢去坐D的床，他站了三個小時，只能再次重複那句：

「找不到就報警吧！」

D不語。

「要不，你來搜我的身吧！」

D不語。

D回想著他是怎麼和M認識，又是怎麼每晚去地下同志浴池大廳的入口處等M，他等啊等……等了一百多天，終於等到了M……如果錢包是丟在浴池裡了該多好?!他忽然回想起他的第三個夢境，在夢境裡M已經睡過一次他的床，還有一根東西從他的屁股裡鑽出來……

D快速地掀開了自己的席子……可是還沒有錢包的影子。他幾乎是在悲憤中掀開了自己的床板，錢包閃現在自己的眼前。

「啊！找到了！」

M嘆了一口氣。

「找到就好，你打開錢包點一下，有沒有少？」

D沒有打開錢包，他把錢包放在床上，很沮喪地低垂著頭不語。

「……我該走了。」

M說完快速推開門快速走出了地下室。

D抓起床上的錢包狠狠地摔在地板上……幾張紙幣像蝴蝶飛舞了兩下跌落在地板上和床板上。

D失聲痛哭起來，他的眼淚一滴又一滴落在床板上，落在微笑中的老人頭像上。

二〇二二年一月五日，龍湖鎮

孤獨的邊緣

「你想找一個什麼樣的男人？……」

「……最好他的家裡只有一個女兒！」

這是H童年記憶裡兩個女人的對話，一個是媒婆，一個是自己的母親。母親改嫁前擔心繼父家的男孩子會欺負H，無論媒婆怎麼勸說，她還是有些猶豫，她想讓媒婆再幫她查找……她不圖嫁給經濟條件好的家庭，只願組合一個新的家庭——大人孩子都不生氣，一家人平平安安地生活就夠了。

而媒婆的觀點是：經濟條件越差的家庭，越容易生氣……媒婆說服H的母親，讓她帶著H先見個面，最好去那個男人家體驗幾天再下決定。

童年記憶中的母親又年輕又漂亮，是H心目中的偶像。而童年時的H怎麼看都像一個女孩子。

在媒婆的勸說下，母親帶著H和繼父見了面，當他看到繼父家的那個比自己大兩歲的男孩時，他不再膽怯，他很好奇又很渴望和這個男孩在一起。

「她是你的妹妹，你是她的哥哥，你要是敢欺負你的妹妹，你就滾出這個家！」

「不，不……他是個男孩子。」

「哦！……這個男孩也太漂亮了……她——他是你的弟弟，你是他的哥哥……」

繼父又嚴肅又認真地重複了一遍他修改過的話，然後伸出手想擁抱H，H慌忙躲到母親身後，這時，那個大男孩笑了……很快，H和這個哥哥玩到了一起。

很快，H和母親有了一個新的家，H把親生父親去世前的模樣忘得乾乾淨淨。

很快，H的母親和繼父又生了一個男孩，雖然這個新出生的男孩和H有血緣關係，而H卻一點也不喜歡這個弟弟。

青春發育期過後，H的性幻想和初戀暗戀的卻是繼父家的比自己大兩歲的哥哥，他不和弟弟爭父愛母愛，卻時時排擠弟弟，不願意和弟弟一起分享哥哥的愛。

遇上雷雨天氣，他故意裝作害怕，讓哥哥擁抱著他睡覺。睡到午夜，他就脫光自己的內衣，把光屁股往哥哥的懷裡擠……再擠，哥哥似乎睡著了又似乎沒有睡著？再擠一點，乾脆拿著哥哥的手放到自己的大腿上。可是，他只能一直期待著，期待著……哥哥一直沒有動作。

一個夜晚又一個夜晚過去。

哥哥還是小心翼翼地擁抱著他睡覺，沒有H幻想中的想要的動作。

哥哥要去廁所，H說他也想去廁所，哥哥走到廁所門口時，就停下腳步，讓H先使用廁所，H進了廁所，他著急地等哥哥進來，而哥哥著急地等他出來……

後來，一家人去飯店吃飯，當哥哥要去公廁時，他也跟著去了，他終於偷窺到了哥哥的雞雞……

他期盼的雷雨又來了……他再次光著屁股一點點地往哥哥懷裡擠……他突然把手往自己的屁股後邊一摸，摸到哥哥內褲裡硬邦邦的東西。

「別摸了，我硬得難受……」

哥哥小聲地哀求。

「你要是忍不住，就不要再忍了……」

H小聲地對哥哥說。

哥哥轉過身，背對著H睡。H想讓哥哥轉過身……無論他怎麼努力，哥哥一直背對著他……

再後來，H看到鄰居家的男孩，他一直不喜歡這個個頭比自己矮半頭，年齡比自己小一歲的男孩。他突然閃現一個念頭，就主動約這個男孩一起去河裡游泳。走到有一片樹叢沒有一個人影的河邊，他鼓動這個矮個子男孩脫光短褲，光著屁股跳進水裡……游過一會兒，H上了岸，這個男孩也跟著H上了岸……H走到哪兒，這個男孩就乖乖地跟著他。H就伸出手挑逗他的雞雞……男孩勃起後，就使出很大的力氣把H撲倒在地，然後……

「媽，我的屁眼流血了。」

H見到血後很害怕，就告訴了母親，母親想問個明白，H什麼也不再說。母親就把此事告訴了繼父，繼父連問都不問，就把哥哥狠狠地揍了一頓。

H告訴哥哥，是鄰居家的男孩把他幹流血的。哥哥就跑到鄰居家，把那個男孩狠狠地揍了一頓。

「他個頭比你矮，年齡比你還小一歲，他欺負你時，你怎麼不還手？」

母親責怪H太軟弱。

繼父安慰H，哥哥和弟弟都疏遠了H。

沒過多久，母親和繼父的媒婆再次光臨，給哥哥介紹了一個對象，哥哥只見嫂子一次面就同意了，交往不到三個月，哥哥就讓嫂子懷了孕……很快，家裡人給他們買了一套房子，把婚事給他們辦了，哥嫂搬出去住了。

哥哥結婚那一天，H一個人躲在房間裡流眼淚……

再以後，H很少再看到哥哥。為了忘記哥哥，H選擇距離家遠的城市讀書，然後再去更遠的城市工作。

幾十年過去了，H一直沒有走出年少的那個夢境。

在北京漂了好多年之後，H在網上結識了M。

第一次見面時，M帶了一條殺好的鯉魚，準備在H租的一間八平方米的平房裡一起吃午飯。

「我租的房子很小吧！」

「不小，比我租的還大兩平方米。」

「以後到我這，不要帶東西！」

「也沒有給你帶什麼東西，只帶了一條魚，也不知道你喜歡不喜歡吃魚？因為我喜歡吃魚，所以就帶來一條魚。」

「你今年多大？結婚了嗎？」

「我今年已經三十三歲了，還沒有結婚。你呢？」

「我也沒有結婚，以後也不會結婚……」

「你今年多大了？」

「我今天早上買了排骨，我親手給你做排骨吃！」

「你是哪一年出生的？」

「你喜歡吃排骨嗎？我在老家時，我媽經常給我做排骨吃。」

「你是哪一年出生的？」

「你沒來之前，我已經給我媽打了電話，告訴她我在網上結識了一個志同道合的男朋友，他今天要來我的住處……」

「你還沒有告訴我，你今年多大了？你是哪年出生的？」

「別問了，我比你大！……」

「大幾歲？」

「你別問了，你知道我比你大就行了！」

……

「我給你做排骨砂鍋吧！魚由你來做……」

H一邊做砂鍋，一邊去拉上窗簾……

「這大白天的，你做飯拉什麼窗簾？」

H只好又拉開了窗簾。

M感覺有些尷尬，他看到房間裡有筆記本電腦，就說：

「放些音樂吧！」

H就打開電腦，給M播放G片。M就主動關掉了H的電腦。

「這種片子我看得太多了，已經沒有感覺了。」M說。

沉默了一會兒。

「你的頭髮為什麼留這麼地長？」

「長嗎?!我以前是畫畫的，到北京之後不再畫畫，一直在寫影視劇本……」

「你的頭髮比我媽的都長！」

「那你以後叫我媽吧！……啊呀！我把排骨燒糊了！還能吃嗎？都燒黑了……還能吃嗎？你為什麼不提醒我一下！」

「哦！我剛剛聞到一股怪味，還以為是從你的鄰居家飄過來的……」

「太糟糕了！我從來沒有起床那麼早，知道你要來……很想讓你嘗嘗我從我媽那兒學來的手藝！我平時很少做飯的……」

「沒什麼，讓我動手做魚吧！」

H生氣地把鍋扔進了水池。

「……我們去外邊吃吧！鍋燒糊了，不用水泡半天很難刷的……」

H帶著M往院門外走，走近大門時，看到一個老頭，H親熱地向他打招呼。

「這個老頭是我的房東……他似乎已經發覺了我是GAY，他曾經悄悄地對我說，大腸子裡全是細菌！你要小心……」

「你是不是帶回來的男友太多了，讓他懷疑了？」

「也沒有帶幾個，一個星期也就帶兩、三個……」

「別走了，天氣太熱，就在附近隨便找一個飯店吧！」

「這附近的飯店我都去過了，想換一家沒有去過的飯店……你瞧，那個帥哥的鼻子，一看他的體型和他的鼻子，就知道他下邊的東西很大！」

M瞟了一眼。

「不是我喜歡的類型……」

「你看那個賣烤羊肉串的小夥子多好看啊！有機會我一定要把他掰彎……」

「還是不要去招惹直男吧！他們沒有我們想要的那種感情的，即使發生了性關係……他們只會當作是性發洩！」

兩個人走進了一家飯店。

「我們喝白酒吧！」

「天太熱，我們還是喝冰凍啤酒吧！」

「我胃腸不是很好，不能喝太涼的東西……」

H點了幾個菜，然後要了一瓶白酒，兩瓶常溫啤酒和兩瓶冰凍啤酒……一直喝到黃昏。

「我們認識得太晚了！要是早一天認識就好了……我半年前給一個導演寫了一個劇本，這個導演是個傻逼，這麼好的劇本他卻讓我一次次地修改，改動了三十多次……終於改成了垃圾，達到了傻逼導演的滿意！還好，他們不給我署名權，真的拍成了電影署上了我的名字，我也成了一個傻逼！」

「你可以寫同志劇本……給香港的那個著名的G導演……」

「那個G導演去過我的老家……我把自己最好的一個劇本給了他，而他瞎了眼！」

……

M想安慰H，卻又不知道說什麼好？他告訴H末班車的時間，然後要去買單……H急了，他發瘋般地要求老闆娘把錢退給M，由他來買單。

兩個人一起走在陣陣晚風吹來的街巷。

「多年前，我喝多了酒，去了一個普通的大眾浴池……在蒸汽室裡，我遇上一個小帥哥，他長得很像繼父家的那個和我沒有血緣關係的哥哥！他的胸肌他的腹肌……我很想被他抱一抱……他的雞雞還長得那麼地大！我不顧一切地撲上去，張嘴就含住了他的……他剛開始嚇得身子一哆嗦……很快，他就舒服地哼了起來……當我把屁股給他時，他毫不猶豫……一下子頂了進去！而就在這個時候，又進來了兩個農民工，他們都看傻了……」

M有些震驚，這樣的話也只有在公園時，遇上陌生人他們才會對你講，而H是對朋友坦誠還是他喝多了酒？

在回去的路上，H帶著M又轉回了去過的街道，他有意讓賣烤羊肉串的小夥給他烤了二十個串，他不停地誇小夥子的身材好……然後說打包帶走！

M知道自己已經錯過了末班車，他想送H回到住處，然後自己去市中心的同志浴池過夜。H瘋瘋癲癲，走走停停，他意淫著街頭的每一個陌生男子……

「不回去那麼早，等院子裡的那些凡夫俗子都睡著了以後，本宮再回去……」

就這樣，一直在街頭瘋癲到晚上十點，兩個人才回到H的住處。H一再要留M過夜，還說明天要帶他去一個好玩的地方……

「你的床太小了，還是鋪張涼席睡在地上吧！」

當地上的涼席鋪好後，M讓H去床上睡，H偏要睡在地上，M就去床上睡，H也去床上睡，M再次回到地上睡，H也再次跟著睡到地上……就這樣，兩個人來回折騰。

M最後同意H和自己一起睡在地上，但不同意睡到一頭……當H伸手摸M時，M就用腳踢H。

「我有那麼難看嗎？……」

「我不喜歡留著長頭髮的GAY！……你的長長的還鬈曲的長頭髮，讓我看上去沒有安全感！」

「我明天把頭髮剃掉，剃成光頭好不好？……我以前剃過光頭，別人說我剃光頭像一個尼姑！」

……

兩個人一直睡到第二天的下午。H扔掉塑料袋裡的那二十個已經變質的羊肉串，他帶著M去了一家飯店吃過飯後，就去了西城區的一個同志公園。

這個公園裡的GAY，有好多都認識H，H很熱情地向他們打招呼……

「這位是M，他是我的老公……」

「我不是你的老公，你別亂說……」

「你怎麼也是拔屌無情的人？昨晚你剛……」

M轉身向無人的遠處走去。

H跟了上來。

「昨晚，明明是你自己坐上去的……你以後不許再對別人說我是你的老公！我們只做朋友……」

然後，M就和H告了別。

M繼續和H交往，他們時常電話聯繫，M不願意讓H知道自己的住處，也不想再在H家過夜。

沒過多久，H被房東趕走了。

H打電話邀請M去他的新住處，新租的房間比原來的更大。

「你不要再亂帶人了……讓房東知道，又會被趕走了！」

「沒事，我特意找的這個院子，房東不在這個院子裡住。」

然後，H給M播放電影。

「我不想看GAY片，我已經看膩了！」

「我可以肯定……這些電影是你從來沒有看過的……」

M看呆了，這是有關性的電影，他從沒有聽聞過。畫面上，正在下雨……一大群的直男，他們跑到農田裡，在泥土上摳出一個鳥洞……然後，像做俯臥撐那樣和泥土上的鳥洞性交……雨在下，他們黝黑的屁股和寬大的肩膀被雨水洗得油光發亮，而他們的生殖器和胸肌和腹肌沾滿了黏糊糊的泥漿……

另一部電影，畫面上……一個赤裸裸的白種男子在充滿噪音全是機械的工廠裡爬來爬去，他越爬身上越髒，他原本俊美的裸體沾滿了廢棄的機油，他最後把黃油塗抹在自己勃起的生殖器上，然後伸進一台機器進行打磨……就像在打磨一根鐵棍。

M久久地發呆，他一時看不明白導演想要表達的什麼？

「你有U盤嗎？借我用一下，我想把這兩個電影拷走……」

「沒，沒有……」

「我下次帶U盤來。」

又過了兩天，M給H打電話，他想帶著U盤去拷H保存的那兩部電影，H告訴M，他沒有空，他在外邊……

M在電話裡向H推薦他最近兩天在網上看過的電影，他把電影名字告訴H，H說他已經看過了，很快，H能講出電影裡的一些內容提要……再以後，無論M向H推薦什麼電影，H都說已經看過了，很快，他能說出和電影百科或豆瓣網站上的搜索內容。

M剛開始很佩服H，後來有些懷疑，就再次給H打電話，向H推薦一部還沒有公開上映的電影？H再次說自己已經看過了，他在電話裡講出的只是一些預告片的介紹內容。又過了一天，M再次打電話向H推薦一部不存在的電影，H還是說已經看過了……M等H說出電影的簡要內容……他猜想H正著急地搜索這部並不存在的電影。

「……我現在正在外邊，我還有別的事，回頭再和你聊這部電影。」

H掛了電話。

M不再給H打電話。

H給M打電話。

「你知道我現在正在幹什麼嗎？」

「不知道。」

「你猜一猜？」

「不想去猜……也猜不到。」

「我身邊有一個帥哥，你想不想和他說兩句？我現在正坐在他的……他的東西真的很大，比你的大多了，把我頂得……啊！帥哥，快給我的好姊妹說兩句，告訴他你爽不爽！」

M有些驚呆，他不相信自己的耳朵，而耳邊真的傳來一位陌生男子的笑聲……M沒有生氣，也沒有吃醋，他說了幾句祝福他們的話就掛了電話。

又過了幾天，H再次給M打電話。

「……我可憐的妹妹，你還是單身一個人嗎？要不要來姊姊這邊……我現在正坐在一個直男的雞雞上，他是一個貨車司機，他和妹妹你還是老鄉……啊！哦……你輕一點，你把我弄疼了！……啊！妹妹，你的這個老鄉一點都不懂得憐香惜玉，他一插進去就不想再拔出來了……你不想和我的妹妹說兩句嗎？什麼？你想請我的妹妹一起吃飯?!……啊！妹妹，你聽到了嗎？他想請你吃飯！還想……」

「我沒有空！還有，你以後約炮……和別人性交時，不要再給我打電話！我不關注你的性生活！……」

M掛了電話，H有好長一段時間不再給M打電話。一直到年底時，H又給M打了電話，他給M一個電話號碼，讓M試試能不能打通。

M打通了這個H老家的號碼，只是沒有人接，他問H這個電話很重要嗎？H告訴M這個電話是他前男友的電話，他的前男友把他拉黑了，他想問問為什麼要拉黑他？……

「……春節，你回老家過年嗎？」

「不想回老家過年。」

「和我一起，回我的老家過年吧！我已經出櫃了，也不和父母住在一起，我有自己的一套房子。」

「不去。」

「去吧！我已經多次向我媽介紹過你！」

「不去。」

……

沒過多久，H給M打來電話，說他已經回到北京……

H和M見了面。

「你怎麼這麼快就回北京了？你怎麼不陪父母過完正月十五再回來？……」

「我今年回老家過年過得很不愉快！我已經好幾年沒有回去了，所以就回去看看，還想問一問前男友為什麼要拉黑我？可是……到了前男友的家，他不願意見我！……而我的那個同母異父的弟弟卻占用了我的房子！他一聲招呼都沒有給我打，已經在我的房子裡住了好幾年……我說房產證上是我的名字，讓他搬走，他說房子是父母買的，說什麼都不願意搬……我快要氣瘋了！就放了一把火，燒掉了自己的房子……現在，我的家人都怕我，所有人都怕我！我留在老家難受死了！只好流著眼淚回到北京……」

……

……

M把一條圍巾遞到H手裡。

「送給你！……除夕夜，我是在同志浴池度過的！很熱鬧！有好多沒有回老家的……浴池老闆搞了一個猜謎語送禮物的活動，我猜對了幾個謎語送了一條圍巾！……你戴上看看，喜歡不喜歡？我感覺這是女士用的圍巾。」

「我喜歡！……」

「今晚去我的地方睡吧！陪我聊聊天……」

「好的，不過，我們只聊天，你不能再做別的事……」

H帶著M去了他的住處。在H的住處，兩個人一邊喝白酒，一邊聊天……聊到深夜，M說累了，就脫掉衣服上床睡。

「你能抱著我睡嗎？」

「不能，你睡床那頭，我睡床這頭……」

睡了一會兒，H的手就摸了過來，他摸到M用雙手緊緊地守護著自己的雞雞，就用手去摸M的屁股……

「你後邊癢嗎？……我雖然從來沒有做過1，但是為了你，我可以努力做一次1！」

「滾！你一摸我，我就起雞皮疙瘩……你看看你，本來長得就像一個女人，還要留長長的頭髮！」

「我真的像一個女人嗎？……」

「……像！但不像一個好女人！你就像一個更年期的老妓女！……」

「我把頭髮剃掉你會喜歡我嗎？」

「不會！……也許我可以幫你介紹一個和你很相似的男朋友……他有很多地方和你相似，都是北京以北的北方人，他的年齡和你相似，頭髮和你一樣長，他也喜歡隱瞞自己的年齡……還有，他以前也畫過好多年的畫！現在不畫了，他現在在拍獨立電影！和你真的是天生的一對……一個寫劇本，一個又做導演又做攝影！」

M把L的手機號給了H。然後，他起床穿上衣服走了。M坐上了夜班車，他下車後又走了幾站路，他走到同志浴池時，天已經快亮了。

當L知道M要給他介紹一個寫劇本的男朋友時，很高興……可是，他們第一次通電話，不到十分鐘，就相互厭煩了對方，不想再見面，就相互刪掉了對方的電話。

又過了一段時間，H給M打電話，很想自己近期寫的一個劇本被拍成電影，就向M要L的電話，M再次把L的電話給了H。

又過了一段時間，L給M打電話，向M要H的電話……M問L和H通過幾次電話了？

L告訴M，已經通過三次電話，隨後，L和M見了面。

「你知道H他今年多大了嗎？」

「不知道！」

「如果他的年齡已經很老了，還一點名氣都沒有，寫的劇本肯定不行！我就不浪費時間去見他了！」

「感覺H的年齡和你差不多吧！」

「什麼？……」

L和H沒有見面。

而M卻希望他們見面後能夠合作，相互成全對方。

M和H再次見了面。

「你和L見面了嗎？」

「還沒有……每次和他聊不到半個小時，我就來氣！我懷疑他根本不懂電影！」

……

長頭髮的H向M要過四次L的電話；長頭髮的L也向M要過四次H的電話……他們最後終於願意約會了！

可是，他們見面後的第二天，H就去了理髮店，他把自拍的光頭照片發給M：

……

「我無法忍受別人和我一樣……你好好看看，我現在是不是很有個性？」

二〇二一年十二月六日，鄭州

男保姆

那是九十年代的鄭州，外地人來到解放路的勞務市場，找一份底層的工作，一個月的工資只有兩百塊。

小G出生在信陽的農村，他在家排行最小，哥哥姊姊都成家後，他才初中混畢業，一生中他最怕的就是讀書。小G務農兩年後，父母先後去世，小G一時沒有了主張，就聽哥哥和姊姊們的，姊姊們建議小G在家老老實實地種地，哥哥們建議小G去城市裡打工，把地分給兩個哥哥。小G幻想城市裡的生活，就把地給了哥哥，當他進城打過兩年工沒有掙到錢，又想回老家種莊稼時，他父母遺留給他的田地被兩個哥哥霸占了，他留在農村只能種他一個人的地，收入更少了……

小G繼續飄在城市，後來就飄到了鄭州的火車站，找到了一馬路，二馬路，在丁字路口找到了勞務市場。二十歲的小G混在雜亂的人群中，豎起耳朵聽那些有打工經驗的農民工交談。

突然，從擁擠的人群中跳過來一個中年胖子，他張口就問：

「幹飯店嗎？」

小G左右看了看，確認這個胖子是在問他，他正想細問一下去飯店幹什麼活兒？就被眼前的這個胖子拽住：

「走，走……我們去一邊說，這兒的人太多了！讓我擠了一頭的汗。」

小G跟著這個飯店老闆離開了勞務市場。

「遠嗎？」

「不遠。」

「包吃住嗎？」

「包吃住！不但包吃住，而且……如果你和我玩，讓我玩得很舒服，我會讓你吃得很好！天天讓你喝汽水，還有那個的……我的……牛奶。」

小G有些懵。他提防著騙子和壞人，但他又感覺不到眼前有什麼危險？

這個中年胖子停下腳步，打開手中的茶杯，問：

「你喝嗎？」

小G搖了搖頭。他看著這個胖老闆用衣袖擦了一下額頭的汗水，然後蠕動著厚厚的嘴唇吸了兩下水杯裡的茶葉水。

「這是信陽茶葉，你的老家產的……你平時愛喝你老家產的茶葉嗎？」

「沒，不……沒有養成喝茶葉的習慣，平時我不喝茶葉水，只喝涼水和白開水。」

「我請你喝汽水吧！再往前走不遠，穿過一條大街道，拐進一條小街巷，往裡再走三百多米就到我們家的飯店了！不過……我來時沒有和老婆商量，還不能直接把你帶到飯店！我老婆她想招一個女服務員，她又想招一個年輕的男雜工……你年輕，有二十歲了嗎？你願意幹雜工嗎？唉！我和你挺有緣的，勞務市場那麼多的人，我從一堆堆的人中擠過來擠過去，一眼就看中了你，越看你越覺得順眼！不過，我今天還不能帶你去我家的飯店，我老婆這個女人太凶！什麼大小事都要提前和她商量……不過，我今天不會讓你白跟著我，我會給你工資的……」

小G想馬上返回勞務市場，找一個靠譜的老闆……他的手又被眼前的這個老闆牽住，他猜想著自己跟著這個怕老婆的男人在街上跑一天能拿多少工資？

「我們去那邊……」

小G跟著這個老闆往回走，穿過兩個紅綠燈後，來到了服裝批發市場，上了樓，感覺這個老闆是在找公廁，他此時也想進廁所方便……

公廁裡有四個帶門的便池，其中一個便池的門已經壞掉，被拆下來靠在牆邊。有兩個抽菸的男子正在等門裡邊的人出來……

小G從廁所裡小便完之後，又被這個老闆帶到了另一幢樓另一個商場的公廁裡。……小G幾乎是被拽了進去，門被這個老闆快速關上。當小G紅著臉，看著自己的褲子拉鍊被拉開，這個老闆用水杯裡的茶葉水清洗他的東西……他嘗到了甜頭，閉上眼睛感受著那火熱的蠕動的嘴唇……

從廁所裡出來後，這個老闆給了小G二十塊錢，還告訴了小G一個同志基地。

「你的雞雞太小了！如果你的雞雞長到十八釐米（公分），我就包養你……」

小G有些羞愧，為自己的雞雞小羞愧，為自己第一次賣淫羞愧。他一回味被人口交的感覺，就心裡甜滋滋……

小G去一家小飯店要了一碗燴麵，然後，他找到了紫荊山公園，找到了同志基地。

小G在公園裡混了幾個月後，變成了一個主動型的0號。

……他的目標是肥胖的中年。

「你喜歡多大年齡，什麼樣子的男人？」

「胖的，像豬一樣的男人！」

「我胖，可我不是豬，因為我的肚子不是很大，我的胸肌大，所以我是熊！……很多GAY分不清豬和熊！……豬的肚子大奶大！」

小G喜歡上了這位三十多歲的熊哥，問他又是怎麼入道進同志圈的。

「……都是因為我爸，我爸可不是同志！他已經退休了，有一天去領他的退休金，被一個騎摩托車的小夥子撞倒了！這個小夥子的人品還不錯，他沒有逃跑，直接把我爸送進了醫院，他不但支付了全部的醫藥費，還每天給我爸買了很多的水果……」

「你爸傷得厲害嗎？……」

「我爸當時傷得還不算厲害，他的屁股上被撞了一個窟窿，住了院，輸了液，傷口縫上後已經出了院……後來，傷口一直長不好，就又返回醫院，才知道醫生把清洗傷口的棉球給忘在傷口裡邊了！……我懷疑是醫生缺德故意這麼做的！讓我爸又進了一次醫院，又做了一次傷口清洗縫合……第二次我爸出院的時候，他已經可以慢慢走路了！那個給我爸做手術的醫生突然出現，他說放心走吧！這次不會把東西忘到裡邊了！我爸這時就一哆嗦摔倒了……從那以後，他再也不能像正常人一樣走路了。」

「後來呢？……那個騎摩托車的小夥子賠償了多少錢？」

「沒有訛他錢！這個小夥子人真的很不錯！懂事又有禮貌……我爸差一點認他做乾兒子！……

後來，這個小夥子私下找我，乞求不要訛他錢，他說自己的積蓄已經花完了，他還沒有女朋友，然後一個勁地叫哥啊！哥……叫得讓人心軟！讓人同情，讓人迷失方向……就這樣稀里糊塗地和他上了床，被他掰彎了！」

「再後來呢？……和他現在還聯繫嗎？」

「再後來，他幾乎每個週末都會到我家，留宿一晚，和我睡一張床！我那時還沒有結婚，當時已經有了女朋友卻不想和她結婚！我越來越離不開那個帥小夥了！……有一次週末，他又來了，我倆一起快樂地喝酒聊天……我的單位領導突然通知讓我臨時加一個夜班！我很不樂意去，他就勸我去……我就去加夜班了。可是，我的心思一直在他身上，到半夜時，就從工作單位偷溜回了家，一進臥室，把我氣壞了！……我看到我那肥胖的像豬一樣的哥哥正和他擁抱著睡在我的床上！……我不清楚他們這是第幾次睡在一起！我太傷心了！我鄙視我哥，他有老婆有孩子還這樣……我恨這個花心的小夥子！就打了他一個耳光，讓他滾……然後，自己和自己賭氣！和並不喜愛的女友結了婚！結婚的那一天，我哭了！別人卻以為我的母親去世得早，我好不容易才娶到老婆，激動得哭了……」

「你們後來又見面了嗎？」

「沒有，因為我已經結婚了，不想再見他……他後來又給我寫過幾封信，我不看他寫的字，我怕看了心會軟，就馬上撕碎再燒成灰！我以為自己可以像正常人那樣生活，我以為自己可以忘記他……而我，這麼多年了，還是狗改不了吃屎！我的性幻想還是同性！我心情憂悶的時候就會夜晚到公園裡轉轉，遇上能聊到一塊兒的朋友，和同類人聊天所有的煩惱都忘記了！」

「哥哥，熊哥哥……我喜歡你！」

小G和熊哥很快成為了一對基友。

「你找到穩定的工作了嗎？」

「沒有。」

「我已經給我爸商量好了，給他請一個保姆，你來我家照顧我爸吧！」

「可我是男的，你怎麼不請一個女保姆？」

「就因為你是男的，照顧我爸才行，他上廁所時身體不是很方便……你放心吧！工作不累，我爸的脾氣也好！他人老了幾乎沒有了味覺，做什麼樣的飯菜他都可以吃！」

小G很快答應了熊哥。

「我可要提前警告你，你如果遇上了我哥，無論他怎麼勾引你，你都不能和他上床……摸也不讓他摸你，你要在我的家人面前裝成一個直男。」

熊哥擁抱住小G，親吻了一下，他接著說：

「……還有，我爸上廁所的時候，你把他扶進去幫他解開褲子就行了，不要摸我爸的雞雞，因為我爸不是GAY。」

小G笑了……

小G去了熊哥的家，見到熊哥的父親，就想起了自己去世多年的父親，就把這個老爺子當作自己的父親照顧。

「我有退休金，一個月給你兩百塊的工資，你就放心吧！不會拖欠你的……」

這是熊哥的父親見到小G後的承諾。

他們家是三室兩廳的房子，熊哥和妻子住在最大的房間裡，他們還沒有孩子，妻子在單位也分了一套房子，上班時就住在單位，週末才回來和熊哥同住。

「我的老婆不喜歡做飯，也不喜歡伺候別人，以後有了孩子也是麻煩！」

熊哥當著自己父親和小G的面說，他似乎想要讓父親理解他，為什麼結婚多年了還沒有孩子。

當父親睡下後，熊哥就使個眼色給小G，小G美滋滋地和熊哥睡在了一起。

在一次週末，妻子回來和熊哥一起睡。

熊哥悄悄在小G的耳朵邊說：

「和女人睡覺感覺就像進了刑場！……」

熊哥讓小G陪自己一起喝酒，他似醉又非醉……真真假假，三個房間裡走動了幾個來回。

「爸，你睡吧！」

「睡不著……」

「爸，你想什麼呢？」

「……沒想什麼。」

「爸，你有沒有想那種事？」

「什麼事啊？」

「那種事？」

「什麼?什麼……」

熊哥到隔壁小G的房間，拍了拍小G，問：

「老頭上廁所的時候，你看見他的雞雞了嗎？」

「你，你什麼意思？……你懷疑我勾引你的爸爸！」

「不是這個意思，我的意思是……這個老頭的雞雞還能不能硬起來？如果他還硬，我們應該幫他找一個老太婆！找一個七十歲的老太婆？不行，太老了，找一個五十多歲的老太婆，也不行？我哥都快五十歲了！找一個六十歲左右的比較合適！」

「你幫老爺子找就是了！我要睡覺，都半夜了。」

小G翻身用被子蒙上了臉。

熊哥扒開被子，看著小G裸露的上胸，伸手在小G的乳頭上擰了一下，然後幫小G蓋好被子，回到他和妻子的房間。

「你說，咱爸要不要給他找一個老伴？」

「都那麼大歲數了還找什麼？……當初你為什麼不找一個阿姨來照顧爸？」

「因為爸上廁所不方便，讓女人幫他脫褲子你說方便嗎？」

「可能真的不方便……也可能方便！」

「你是想讓女保姆幫爸打飛機嗎？」

「不聊你爸的事了！……我要睡覺！」

熊哥翻來覆去，他無法入睡，他輕輕抱了一下妻子，然後輕輕離開了床，走出房間關好門，他再次摸進了小G的房間，鑽進被窩緊緊地擁抱住了小G，很快睡著了。
妻子不知道什麼時候進了小G的房間，她推了推熊哥：
「我的媽呀！我以為你喝醉了，暈到廁所裡出不來了！你怎麼睡到他的床上了？你們……」
從那以後，小G被一雙酸酸的敵意的女人的眼睛斜視，他有些心慌，有些羞愧……感覺自己就像一個偷了別人老公的「壞女人」。
不過，每個月，小G能拿到雙份的工資，熊哥的父親給他一份，熊哥又給他一份……就這樣，小G厚著臉皮做他們家的保姆。
有一天，熊嫂帶到家裡一個五十多歲的外地女人，她是在給自己的公公介紹對象嗎？讓小G緊張起來……失業加失戀，這打擊太大了！
當老爺子再次上廁所時，小G就失態了，他握住老爺子的雞雞不停地擼……還準備下口時，被老爺子制止了。老爺子溫和地拍了拍小G的肩膀說：
「孩子，你就放心吧！我理解你的心情……我不會趕你走的！只要你不嫌棄我這個老頭子……」
就這樣，小G長期留在了熊哥的家，一直到老爺子去世。
老爺子去世後，小G年齡已過了三十歲，他回信陽老家探親時，卻被自己家的親戚們群體綁架了！所有人都在說服他……
小G才知道是舅舅家的表哥在工地幹活時，出意外事故去世了，留下了三個未成年的孩子……

表嫂正愁著怎麼改嫁？

就這樣，小G不想眾叛親離，很被動地娶了自己的表嫂，成了三個孩子的保姆。

小G再次來到鄭州時，就去物流公司從事搬運和裝車卸車的工作。

幾年以後，小G再次見到熊哥，感覺兩個人的感情疏遠了，已經不能再回到從前。

小G每天的工作都很累……他拿到工資後，只給自己留些零錢買菸抽，把工資寄給了他的前表嫂自己現在的老婆。工作太累時，小G就請一天假去公園裡找人發洩性欲……

「本來是寡婦命！卻偽裝成好直男好丈夫——替別人家養三個孩子?!」

小G知道自己是自找罪受！

他有些懷念單身時的快樂日子……懷念和熊哥在一起的那些日夜。而他，疲累時，鬱悶時，和陌生人相互發洩完時……感覺自己活得很不真實，感覺自己是在欺騙生活……拼命幹活兒去養那三個叫自己「叔叔」的孩子就是為自己贖罪嗎？

……

中年以後的小G，四十歲以後的小G，他迷戀上了看直播，很快，他自己也開通了直播，而此時的小G，已經不再青春陽光，他有一雙粗糙的男性的手，他有一張乾瘦的刻滿哀愁的農民工的臉，而他的心還是女兒心，情感是潮溼的，他受過的委屈勝過守寡二十年的寡婦！

他的粉絲不多……有一個他想要的粉絲就夠了。

很快，一個安徽阜陽的中年胖子出現了，兩個人見了面，又恨又愛地相處了好幾年……

那位網名「大盜」的男子第一次來鄭州看小G，還給小G和小G的老婆每人買了一雙名牌運動鞋，讓小G很受感動。

再後來，小G跟著這個大肚子的大盜哥哥去全國各地的發電廠打臨時工。這個大肚皮的五十歲的哥哥，他是一個手藝很棒的鉗工，很擅長拆卸機器設備和剝電纜，他和朋友打交道時，是一位正人君子，和同事打交道時，他很花心……他去每一個工地幹活兒身邊都會帶幾個小工，而這些小工都是他的炮友，小G只是他的幾十個炮友中的其中一個……

他會把那些拆下來的廢舊電纜剝掉皮，盤成一盤，掛在自己疙疙瘩瘩的肚皮下……偷出電廠大門，拿到廢品收購站去買……

小G和生活在底層的大多數同志一樣，都沒有社保。

他現在在發電廠從事維修工作，他是小工也是臨時工，每天兩百元，工作九個小時，再加三個小時的班。

夜晚，洗掉身上的汗臭味，他和他走在繁華的有燈光有霓虹的街道上。

他正在用偷賣廢品的錢請小G吃從來沒有吃過的美食……而此時，小G才會忘記自己不再是保姆，自己可以活在一個短暫的有春風的夢中……

二〇二一年十一月二十六日，鄭州

表哥奇

我有很多的姨表哥，加上姥姥送人的那個姨家的兩個表哥，一共有十二個姨表哥。奇是我的三姨家的第二個表哥，我的三姨應該是四姨，她占了姥姥送人的那個姨的位置，所以奇表哥的母親成了我的三姨，記憶中，大家都在忘掉一個人……忘掉一個人，就可以忘掉她的一家人……另外兩個表哥還有表姊一起消失了！

奇是我的表哥中，最短命的一個表哥，他比我大三歲，死的時候只有二十歲。

奇表哥有一個姑姑的家在焦作市，這個姑姑得到一個吃商品糧的招工進廠指標，她就從我的三個老實的表哥中，選出一個最老實的表哥——奇，讓他擺脫農民的命運，去焦作市工作。所以，在我年少的記憶裡，奇表哥成了我的偶像——沒有經過考大學，就可以在城市裡工作。那個年代，工廠很少，就業機會很少，考不上大學的農村青年只能在家種地。

這個奇表哥在城裡工作一年就變樣了，變白了，變帥氣了……之前，因為他最老實，所以感覺他相貌最醜。想多見他一面就難了，他一年回家一次，看姥姥時，我們就能相見。一見面，年少時的我會一直纏住他，問城市裡的各種情況，問他坐不坐火車？他說火車跑得很快，就像看露天電影上的火車一樣地快！他還說，他把一杯水放在火車裡的桌子上，看這一杯水會不會顛出來……而火車跑得最快的時候，沒有一滴水顛出來，火車鑽山洞的時候，水還是沒有一滴顛出來……

我的母親是一位裁縫，童年的記憶中，她在公家的社辦處為集體工作。很快，農村集體解散分了自由地，母親的集體縫紉社也解散了……母親想繼續從事自己的職業，就買了一間鐵皮房，擺在鄉鎮上的唯一的一條街道邊上。

母親用的是焦作市產的鎖邊機線，就託奇表哥——買低價格的線。母親把生產隊分的一部分糧票送給奇表哥……等啊等！最後，奇表哥給母親買回的線比在漯河市能買到的相同牌子相同廠家的線還貴……母親說，奇變壞了！

再後來，奇表哥真的變壞了！

從親戚們的口中得知，他被單位開除了……他被拘留了？還是進監獄了？還是快要進監獄的時候，他的姑姑託人花錢把他保釋出來了……

奇表哥離開了城市，回到農村。

他不再給我講火車在奔跑……滿滿的一杯水放在火車的桌子上，沒有一滴水顛出來或灑出來，火車跑得很快很快……我的年少的美好的記憶。

奇表哥變醜了，比原來的時候還醜。

他給我講，他在城市工作時，有了錢，就去玩……結識一些狐朋狗友，有人介紹給他一個老師。這個老師答應收他為徒……老師在一口黑鍋裡放滿油……燒開後，把一枚硬幣丟進去，讓奇表哥用兩根手指夾出來……

「夾出來了嗎？」我問，看了看，意識到表哥的兩隻手，每一根都完整無缺。

「一次夾不出來，就兩次，三次，四次……什麼時候能夾出來，就可以出師了！」

「出師之後幹什麼？」

「夾錢包……一般情況下，是三個人合夥，找到目標之後，第一個故意從目標身邊擦身而過，引起目標的注意；第二個手中藏有刀片，快速從目標身邊閃過；第三個快速跟上去，伸出兩根手指……」

奇表哥沒有伸出他的兩根手指給我演示。

我回想那一鍋滾燙的油……一枚小小的硬幣沉在鍋底。

「你還回城市工作嗎？」我問。

「還會去的，但不一定還去那個城市，有可能去更大的城市，比如鄭州。」

我的這個奇表哥，在鄉下待不下去了，他天天想離開。

後來，聽說他又找到一位老師，這一位老師在一口黑鍋裡放滿油……燒開後，把一根麵條丟進去，用兩根長長的竹棍去夾……

奇表哥有沒有學會炸油條？

年少的時光裡，我一直在追問他，我期盼著他早一天離開鄉村，去鄭州，開一個炸油條攤位……我的父母，我的叔伯，我的姨和姨夫，還有許多的表哥表姊們，他們這一輩子注定離不開這個貧困的鄉鎮了！只有我的奇表哥最有希望……

這個鄉鎮的每一個村子裡，幾乎都有幾個因為考上大學卻被別人頂替而瘋掉了的年輕人……我的奇表哥不會瘋掉的！他已經學會了炸油條的手藝……他幾乎不用竹棍就能把油條炸得金黃金黃……

可是，我等啊等……我的第一次遺精已經來了！我的這位奇表哥還沒有離開鄉村。

我開始幻想自己離開鄉村，去鄭州打工……

奇表哥每天在幹什麼？或每天在想什麼？……

我的三姨來了，她帶著奇表哥偷來的一台錄音機來我家……和我家的錄音機一模一樣！她問過價格後，想讓我們幫她銷贓……

「怎麼會有這樣的母親？」

我的這個三姨讀過的書最多，她是初中畢業，那個時代，很多的初中畢業的都當了民辦老師，我小學的老師們大多都是民辦老師。

三姨帶著錄音機走了，聽說她去了大姨家……

又過沒多久，三姨帶著奇表哥，奇表哥的女友，她們一起來我家，因為我家就在鄉鎮上。鄉鎮上還有醫院……我的奇表哥和我就是在鄉鎮的醫院裡出生的。不過，這次她們是要打胎……把一個未婚先孕的孩子打掉！這個未出世的孩子是奇表哥的孩子。

「為什麼不讓他們結婚？」

「還不到結婚的年齡……男的二十歲，女的十八歲才夠結婚年齡……提前結婚會被罰款的！」

「罰就罰吧！……整天遊手好閒，偷雞摸狗……結了婚有了孩子就給他們分家，他就知道找正經的事養家了！」

兩個女人爭論起來，這兩個女人是姊妹，性格不合的她們……一個是我的母親，另一個是我的三姨。我的母親從來沒有說服過一次我的三姨。

孩子被打掉了，那個懷孕的女孩像做錯了什麼，一直不語……她在我家住了好幾天，我的母親沒有好心情對待她。很快，三姨送走了她。這個未來的表嫂沒有再露面，印象中她長得很漂亮……而親戚們的價值觀——未婚先孕的女人不是好女人！再後來，表哥一直沒有去鄭州賣油條，他不停地找對象……自己找，媒婆介紹……一個比一個醜的女人……

「我的好時光已經過去了……」奇表哥一臉的哀傷，他那一年十九歲。

我很詫異，好時光是什麼年齡？是奇表哥剛剛進城的時候嗎？……而我的年齡正在接近，我為什麼不快樂？

再後來，和奇表哥很少見面了。聽說他正在追一個開理髮店的女人，這個女人已經訂過婚……夏季，母親已經賣掉了鐵皮房子，在家務農。

破舊的街道上，出現一具男屍，讓人以為是車禍身亡……有人說屍體被移動過，從街道的北邊移動到南邊……有人說，屍體旁邊有一把菜刀！……有人說，他在街北邊的飯店裡喝酒，是兩個人還是幾個人？……因為什麼事爭吵起來，一個人走出來，一個人拿著菜刀追出來……一個人推了一把，一輛車跑過來……他被車撞倒了，身上沒有刀砍的傷……他被車撞壞了，拿菜刀的人嚇壞了！也有人說拿菜刀的人被車撞到了……血流了一灘！有人把他送進了鄉鎮醫院，他曾經出生的醫院，他的孩子流產的醫院……他是送到醫院之後死掉的……醫院收醫藥費，沒有親屬付，屍體被抬出醫院，扔在街道的南邊……街道北邊的血跡不見了……派出所的工作人員去了假現場。

醫院追醫藥費。

街道辦事處開始攔過往的車輛收費，一輛大車經過收五塊，小汽車經過收兩塊……沒有人知道收了多少錢，是一撥人在收還是兩撥人在收？

早上，趕集市的人先去看屍體，然後再去買菜……消息傳開，屍體正在腐爛中。

那一年，我十七歲，在鄭州的黑工廠，小飯店，小吃攤等地方斷斷續續打了一年的工，沒有掙到錢，回到老家，回到生養我的貧困的土地上休養疲憊的身心。我看到了那一具正在腐爛的屍體……它就是我的奇表哥，他永遠地死去了。

我騎著吱吱亂叫的破自行車，走在塵土飛揚的鄉村道路上，大約走了五公里，我就到了三姨的家，我說好像……

三姨夫去認屍體，他哭了。

三姨去認屍體，她哭了。

我的母親也去認屍體，我的父親也去認屍體。而我的父親不但不悲傷，還偷偷笑了。是這樣的，又過了三年，我的姥姥去世了，我看到母親和父親臉上的笑容……

姥姥去世時，三姨也沒有悲傷……她哭泣，是因為她想念自己的孩子——我的奇表哥。是這樣的，母親的死，就像切掉了三姨身上的腫瘤，奇表哥的死就像切掉了三姨的心臟……清明節的時候，三姨先給我的奇表哥上墳送紙錢，然後再給我的姥姥上墳送紙錢……很快，她們就忘記了我的姥姥。

那一年，我十七歲，在鄭州混了一年，沒有等到奇表哥去鄭州賣油條。

那一年，我十七歲，我的二十歲的奇表哥孤孤單單一個人死掉了。

二〇一六年四月十三日，北京

姥爺和爺爺睡在沒有門窗的閣樓

有時候，一個死去多年的老頭子，他會在我的夢裡再次復活，還要有細節情節……和我發生曖昧的關係。

童年的碎片，記憶的裂痕。

那個老頭子只在我童年的記憶裡存在過，他在我的夢裡穿越了時空，讓童話般的自我和成年後的孤獨自我，相互遮蔽在已經不存在的破舊的一個鄉村小院子裡。

他曾經是我們家的鄰居，小濤的爺爺。

他比我的姥爺要年輕幾歲，一前一後，兩個人都在咳嗽，一前一後，我的姥爺和小濤爺爺死去。我的姥爺死去的那一年，我剛剛八歲。小濤爺爺又咳嗽兩年，然後安安靜靜死去。

童年的記憶裡，老頭子們沒有留下一個故事，也沒有留下一句話。他們喜歡沉默和孤獨，用瘦弱的身體拼命般地去壓制咳嗽，最後被一口痰噎死。

姥爺種植的石榴樹在開花，姥爺趕著他的羊群走出村莊；小濤爺爺種植的柿樹在開花，小濤爺爺趕著他的羊群走出村莊……老頭和老頭們見面，只是打個招呼，然後走開，去青草最多的地方，那裡開著野花，有蝴蝶飛舞，有蟲子鳴叫……老頭子們各自去享受自己的回憶。

我從石榴樹下走到柿子樹下時，看見小濤爺爺，他突然迎面而來，乾枯的表情飛舞出落葉般的笑容。

他呵呵一笑，嘴巴貼在我的耳邊，輕柔地說：「我們一起去睡覺吧！」

童年的我一下子驚呆了！

中年的我感覺很好笑！

院子裡很安靜，小濤和他的爸爸媽媽都不在，陽光撒落在兩個人身上。

他伸出雙臂，擁抱童年的我，然後用手撫摸我的中年生殖器……童年的我羞紅了臉，中年的我厚著臉皮，試探他內心深處的欲望。

「和我上床睡覺吧！我給你一百塊錢！」

他已經死去，他復活後使用復活的語言：「——操我！」

童年的我正在萎縮消失……

中年的我用譏笑的眼睛看著這個老頭子……

童年的我並不孤單啊！石榴樹正在開花，柿子樹也正在開花……他的一隻手掏出一百塊錢，他的另一隻手緊緊抓住我已經勃起的生殖器。

兩個自我在夢中，爭奪一個夢的版權。

童年的我在想，用一百塊錢買甜甜的糖果和連環畫……

中年的我在想，用一百塊錢只能買兩斤羊肉……

孤獨對悲傷說：「接受一百塊錢吧，使用中年的肉體，去童年的村莊，買一隻羊餵養，等到石榴樹和柿子樹再次開花時，我就會擁有兩隻羊或四隻羊……等到石榴樹和柿子樹再次開花，我就會擁有八隻羊或十六隻羊……等到鬍鬚從童年的羞紅的臉皮上長出來時，我會趕著一大群的羊，走出貧窮破舊的村莊……用羊肉為中年的我建造別墅，用羊肉兌換一個又一個性夥伴……」

孤獨的中年對悲傷的童年無法溝通，因為童年的我不想長大，對未來永遠悲傷。童年的我，感受著一個猥瑣的老頭子的愛；中年的我，無處可逃，只能強行占有童年的記憶，讓石榴樹的花瓣和柿子樹的落葉撒落在身上……黑夜即將到來，小小的邪惡的欲望，在老頭子的懷抱裡生長。

……

那是我們家的棉花地。

這是我們家的棉花地，現在種植玉米。玉米長得比松樹還高，一年四季不落葉，不停地開花結果，玉米稈上有時長出西瓜，有時長出玫瑰花……草棚，草棚升級，草棚變成草屋，草屋，低矮的草屋，低矮的草屋升級，變成閣樓……我爬上沒有樓梯的閣樓，感覺沒有門窗的閣樓最完美！

他和我約好了，要來我家的玉米地，要爬上沒有樓梯的閣樓和我睡覺，不用害怕什麼。兩個人睡進沒有門窗的閣樓什麼都不用怕。

我要開始唱歌了，我對每一棵玉米樹說，你們要用心去聽我唱的〈草原之歌〉，不認真去聽，玉米地會馬上長滿野草，如果用心去聽我的歌，玉米樹上會再次開滿玫瑰花朵。

他笑了，他笑了一百年，頭髮已經笑白了，他還在笑……

我的歌聲是一陣風，我被風吹飛舞，千萬片綠色的葉子牽引住我，我不願意走出玉米地。遠處，是工業城市，正在吞噬我童年的記憶。

我向他的一百歲招手，示意他快點爬上我的沒有樓梯的閣樓和我一起睡覺。

他興奮起來，努力往玉米樹上爬……這時，一個灰頭髮的小老頭前來幫他，用雙手挺舉起白頭髮的小老頭，很快，一個中年人跑過來，中年人身後是青年人和少年……

他們重疊了，他們是同一個人，從不同的時空而來，來到我的童年。而我的表情太冷漠，內心太孤寂，無法穿越時空回到童年，我只能讓自己的生殖器，穿越時空，回到夢中的童年。

我的姥爺和他的羊群已經死去，埋葬在我們家的玉米地裡。

小濤爺爺放棄了他的羊群，他選擇穿越時空，從墳墓裡爬到玉米樹上，玉米樹因為我的歌聲而開滿了玫瑰花，玫瑰花落後會生長出一個個西瓜。這是我童年的思維邏輯，這是我夢中打造的世界。

我代表姥爺向小濤爺爺微笑。

我擁抱住他。

童年的我擁抱住這個老頭子。

中年的我擁抱住這個老頭子。

青年的我哪裡去了？我丟失了戀愛的記憶，我的青年回憶裡只有一片空白。

我代表一個老頭子，未來的自己，去戀愛……

在夢中，我就是我自己的姥爺，我弄丟了自己的羊群，弄丟了自己的青年時光……我不想繼續沉默，不想再孤獨……我擁抱住他，親吻他的皺紋，他一層又一層的皺紋，像海浪把我深深遮蔽。我的心是一枚小小的貝殼，眼淚是細小的泥沙。

……

房子寫上了「拆」。

拆掉了我的記憶。

新建的樓房，鬼城，找不到家。我每天都在丟失自我，越來越不瞭解自己。讀陌生人寫的故事，在他們的故事碎片裡尋找自己的前世。

⋯⋯

我閉上眼睛，永遠活在自己的夢中。

石榴樹正在開花，柿子樹也正在開花，我無論站在哪一棵樹下，都能看見這個老頭子的微笑，他從我的臉上讀到了我的姥爺的青年時光⋯⋯

「爺爺，你知道嗎？這個世界上有很多國家可以同性結婚了！」

從我的童年的嘴巴裡發出我的中年的聲音。

他震驚地看著我，他在我的夢中感覺我說的全是夢話。

「爺爺，你愛我的姥爺嗎？」

我呵呵一笑。

他扭曲的皺紋突然停頓。

他是在想睡在玉米地裡的姥爺嗎？

我聽到遠處的咳嗽，不停的咳嗽⋯⋯大地震顫，石榴花落了一地。

⋯⋯

我騎著自行車，載著小濤在馬路上奔跑，有風，從玉米地吹過來。

我看見我騎著摩托車，載著小濤在馬路上奔跑，有風，從玉米地吹過來。

我看見童年的自己騎著自行車，載著小濤在馬路上奔跑，有風，從玉米地吹過來。
我看見青年的自己騎著摩托車，載著小濤在馬路上奔跑，有風，從玉米地吹過來。
我看見青年的姥爺騎著摩托車，載著小濤的爺爺在馬路上奔跑，有風，從我的臉上吹過來再吹過去……

「我愛你！」我說。
「我愛你！」他說。
「我愛你！」童年的我代表丟失的青年的我代表中年的我說。
「我愛你！」小濤的爺爺對我的姥爺說。
小濤沒有聽到，我的姥爺也沒有聽到。
因為我的姥爺已經死去了，他埋葬在我家的玉米地裡；而小濤丟失了，他從我青年的記憶裂痕中消失了。我只能擁抱住這個不是姥爺也不是小濤的老頭子哭泣……
我騎著摩托車，載著小濤的爺爺在馬路上奔跑，有風，從玉米地吹過來，吹過來，不停地吹過來，吹過來，我們不停地奔跑，風不停地吹過來，吹過來，我們不停地奔跑，奔跑……
摩托車飛過沒有門窗的閣樓，飛過寫上「拆」字的樓房，飛過我們生活的村莊，飛過我們居留的鬼城……
夢的大門正在關閉，有人快要從夢中醒來。
在夢中，我把潛意識倒過來……童年在夢中永遠不會醒，繼續尋找石榴樹和柿子樹，然後找到了玉米地，沒有門也沒有窗的閣樓。

閣樓上生長著兩個玉米棒。
是的，沒有樓梯沒有門窗也沒有電話的閣樓上永遠只有兩個玉米棒……

二〇一五年一月一日，江蘇海安五二三藝術館

牡蠣

一個年輕男子孤獨地走在路上。

路上全是陌生人。

道路有很多，行人也有很多，他不知道自己會走到什麼地方，他也不清楚別人會去什麼地方。

他感覺活著的每一天都很飢餓，必須吃點什麼？

他一邊走路，一邊幻想，去梁山伯和祝英台的墓地，把他們的墓碑吃掉後就永遠不會飢餓了。

走到十字路口時，紅蘋果在閃爍，綠蘋果也在閃爍，他等待……這時，他看見一個逆向行走的女子過十字路口，她的長頭髮隨風飄，她的手裡沒有舉著洗髮水，她的出現和廣告無關。

他伸出手向她打招呼。

她確認他的手勢和交警無關，他的身上也沒有警服，他長著陌生人的臉，他的手勢讓人懷疑。

「請問，你知道梁山伯和祝英台的墓地嗎？我該繼續往前走，還是轉移方向……」

她不等他繼續問下去，就搖了搖頭走開了。

他馬上轉身，跟隨在她的身後，因為逆行的陌生人中，只有她的長頭髮在隨風飄。逆行走路，不用擔心自己走得太慢時，會被身後的一個陌生人突然踩到鞋後跟。一張又一張迎面而來的陌生的臉，能看清楚單眼皮或雙眼皮，甚至能看到蝴蝶斑。

她走得快，他也跟隨得快。

她突然停下腳步，回頭看了幾眼他，問：

「你為什麼跟隨著我？」

「你認識我嗎？」他反問。

「不認識。」

「我在努力地想，可我無論怎麼努力去想，都想不起來，你和我認識還是不認識！」

「我們不認識的。」

她說完，轉過身，讓開一步，想讓他先走到前面去。

他只好先走到前面去，不回頭，繼續逆行走路，一直走到早晨出發的地點時，天已經黑了，他停下腳步，看到她也一直走到了這個地方，她也停下了腳步。

「這附近有旅館嗎？」她問。

「有！」他說。

他首先走進旅館。他走到前台問：「有單間嗎？」

「單間沒有了，有兩人間、三人間、四人間、五人間……」

他把證件遞給前台的服務員，說：「我住兩人間。」

服務員問：「你如果想一個人清靜，交兩個人的房費，我們只安排你一個人住。」

他點頭同意。

登記完後，他拿著自己的鑰匙牌找自己的房間號。

她走近前台，問：「有單間嗎？」

「單間沒有了，有三人間、四人間、五人間、六人間……」

她把證件遞給前台的服務員，說：「我住三人間。」

服務員問：「你如果想一個人清靜，交三個人的房費，我們只安排你一個人住。」

她點頭同意。

登記完後，她拿著自己的鑰匙牌找自己的房間號。

燈亮著，所有的房間都關上了門。兩張床？他選擇睡裡邊的那一張，然後，他打開電視，看長頭髮的美女在為洗髮水做廣告。

燈亮著，所有的房間都關上了門。三張床，她選擇睡中間的那一張，然後，她打開電視，看長頭髮的美女在為洗髮水做廣告。

房間裡的電話突然響了，他拿起電話，聽到一個聲音問，需要小姐服務嗎？他馬上拒絕。過了一會兒，又有一個小姐打來電話。他就拔掉了電話線，關掉了電視機，脫掉衣服去睡，睡不著……他就穿上衣服，走出自己的房間。

他敲了敲隔壁的房門，一會兒，門打開了，是一個陌生的中年男子。

「你找誰？這個四人間裡只住了我一個人。」

「對不起，我敲錯門了，我找一個長頭髮的女人。」

中年男子很快關上了門。

他走回到自己的房間，準備開門，卻不想開門，就在走廊裡徘徊，幾個來回中，他走到了另一個房門前，伸出手，敲了敲。

一會兒，門打開了，是一個陌生的老頭子，他的頭髮一半已經灰白。

「你找誰?這個五人間裡只住了我一個人。」

「對不起，我敲錯門了，我找一個長頭髮的女人。」

老頭子很快關上了門。

他放棄了尋找，回到了自己的房間，打開電視，看洗髮水廣告。

他突然聽到有人在敲門，就用遙控器調低聲音，確認是自己的房門在響，就去開門。門外邊的那一個，正是他要找的那一個長頭髮的女子。

「對不起，打擾你了!我房間裡的電視出毛病了，只能看見畫面，聽不到聲音!你能幫我看看嗎?」

他就跟著她，走進她一個人的三張床房間。閃動的電視屏幕（螢幕）上，是長頭髮的美女正在做洗髮水的廣告，只看見畫面，聽不到早已經熟悉的廣告詞。

「你用這種牌子的洗髮水嗎?」他問。

她點了點頭。

他伸出手，拍了拍電視機，畫面繼續閃動，還是沒有聲音。

「我倆換個房間睡吧，你睡我的房間，我房間裡的電視聲音可以調到很大!」

「你不喜歡看電視節目?」

「我不喜歡看，總是看到賣洗髮水的廣告!」

她說了聲謝謝！和他交換了門牌鑰匙。

她打開兩張床的房間，坐在裡面的那一張床上看電視，屏幕上閃現洗髮水廣告時，她關掉了電視機。她拿起電話，想給一個人打電話，她發現電話線拔掉了，就插上電話線，插上電話線後，她想了想，放棄了打電話。

她躺在他躺過的一張床上，準備關掉燈去睡。

這時，房間裡的電話響了，她拿起電話，聽到一個小姐問，需要服務嗎？她在電話裡告訴那個小姐，她和他換了房間，還把他的房間號告訴給那個小姐。

第二天，他退房時，看到她也來退房。

「請問，你知道梁山伯和祝英台的墓地嗎？」他問前台服務員。

服務員搖了搖頭。

他走出旅館。

她也走出旅館。

他繼續逆行走路，不確定自己要往什麼地方走？

她跟著他，跟了一會兒，突然喊了一聲：「我也要去梁山伯和祝英台的墓地。」

路上陌生的行人很多，他和她並排逆行走路有些困難，幾次差點和別人撞到一起。他放慢腳步，她也放慢腳步，他想讓她的長頭髮飄起來，選擇人少的道路加快腳步。

這時，有兩個年輕的男女並排迎面而來，他倆同時停下腳步，看著他和她，他和她暫時停下腳步，看著他們。

「請問，你們知道賈寶玉和林黛玉的墓地嗎？」

他搖了搖頭。

她也搖了搖頭。

兩個年輕的男女並排繼續走路，他和她同時望著他們遠去的背影。

背影消失了，一個又一個陌生的人影出現，他們相互問他們正在尋找的墓地，個個搖了搖頭，身影也慢慢地消失……

他和她走累了，又住進了旅館。

這次，他和她同住進了一張床的單人間。

「看電視嗎？」她問。

「你想看就打開看吧！」他說。

她於是打開了電視，屏幕上閃現另一張面孔，還是長頭髮的美女，賣的是另外一種品牌的洗髮水。她把聲音調低，低到幾乎聽不到。

「兩個人住一個房間，電話就不響了！」他說。

「昨天晚上，我和你換過房間後，一個小姐打來電話，我把你的房間號告訴給了她，她有沒有去找你？」

「沒有，和你換過房間後，沒有人再打電話。」

「你和小姐睡過嗎？」

「沒有。」

「你和別的女人睡過嗎？」

「也沒有，我一直自己手淫。」

「你喜歡什麼樣的女人？」

「我不確定，我喜歡過很多很多的電視機裡的賣洗髮水的女人，也喜歡過很多很多的和賣洗髮水女人相似的女人！但我從來沒有接近過一個，我一邊幻想著接近她們中的某一個，一邊手淫……」

「你想和我做一次嗎？」

「你和別的男人做過嗎？」

「做過。」

「舒服嗎？」

「有時舒服，有時疼痛！」

他沉默了一會兒。

她看著他沉默了一會兒，她不想繼續沉默，就說：「我們做一次吧！我想讓你舒服一次，你舒服了，就會永遠記住我！」

「不，我怕，我怕疼！……」

「男女性交，從來就是女人疼痛，男人舒服，你不會疼痛！」

「我會疼痛的，因為我是包莖，不能往上翻動包皮！一翻動，就會撕裂般地疼痛！……」

她沉默了。

兩個人肩貼著肩，睡覺。

她慢慢伸手去撫摸他的生殖器，而他早已經有準備，兩隻手緊緊地守護住自己的那個部位。

「硬了嗎？」她問。

他從鼻子裡哼出一聲回答，意思是他已經硬了。

「我幫你手淫一次吧！」她一邊說，一邊用手輕輕觸碰他的大腿。

他小心翼翼，慢慢移動開自己的手……

她一下子抓住了他勃起的部位，感覺他的身子猛烈地痙攣了一下，緊接著是一聲疼痛的尖叫……

他和她一起去了醫院。

掛普通號排隊，掛專家號也排隊，他和她同時掛了兩個號。

終於等到他和她了，他把自己的想法告訴主治醫生，她也把自己的想法告訴同一個主治醫生。

他和她在同一間手術室躺下，就像住進旅館裡的雙人間。他側過臉看她，她也正側過臉看他，他和她對視微笑。

在燈光下，醫生詭異的笑容被寬大的口罩遮蔽。

一支麻藥注入他的下體。

另一支麻藥注入她的下體。

最後，他的長長的不能再長的包皮被切掉，移植進她的下體的某一個部位。好了，他的包莖切除手術完成了！好了，她的處女膜修補手術完成了！
「我們結婚吧！」他說。
「我們現在就去舉行婚禮！」她說。
他和她選擇在教堂裡舉行婚禮。
主婚人是一位啞巴，他用手勢和啞語問：
「你愛她的新修復的處女膜嗎？……」
「我愛她的新修復的處女膜……」
「你愛他的剛剛切除掉包皮的陰莖嗎？……」
「我愛他的剛剛切除掉包皮的陰莖……」
他和她交換結婚禮物。
他送給她一根擀麵杖。
她送給他一個寬大的棉麻袋。
證婚人送給他們一根尼龍繩。
「我們去什麼地方度蜜月？」
「我們繼續逆向行走吧！我們去梁山伯和祝英台的墓地度蜜月……」
「我們能找到那個地方嗎？」
「只要我們努力，只要我們永不放棄，就一定能夠找到梁山伯和祝英台的墓地！」
「他們摸著石頭尋找，如果能夠找到賈寶玉和林黛玉的墓地！我們就追著蝴蝶的翅膀尋找，一定能夠找到梁山伯和祝英台的墓地！」

他和她很快又走累了，住進了旅館。

「親愛的，我們現在可以性愛嗎？」她問。

「親愛的，不可以！我們找到梁山伯和祝英台的墓地後才可以！」他說。

她給自己倒了一杯水，又為自己的新婚丈夫倒了一杯。

他從口袋裡掏出消炎止痛藥，含進自己口裡一片，另一片給新婚的妻子。他們一起喝白開水送糖衣藥片。

「吃完這一瓶消炎止痛藥，我們還繼續吃嗎？」

「不繼續吃了！我們可以換成別的藥來吃！——比如搖頭丸！」

他們繼續走路，尋找……向過路的每一個陌生人，打聽梁山伯和祝英台的墓地。他們走過一個又一個城市，參觀過一個又一個名人的墓地。

很快，他們又回到擁擠的街頭。他和她看到，路邊幾個商販正在擺地攤賣東西，一位臉上有蝴蝶斑的女人正在賣鞋墊，或許，她就是蝴蝶的化身！他們正要和這個臉上有蝴蝶斑的女人打招呼，這時，幾個城管跑了過來，揪住一個賣襪子的女人就打……賣鞋墊的女人捲起自己的攤位就逃……兩個城管在後邊追那個蝴蝶的化身……一片又一片白色的鞋墊，就像蝴蝶斷掉的翅膀，一片又一片跌落……

他和她也追了過去。

城管跑累了，就停下來，一邊喘氣一邊罵人。

那個蝴蝶的化身也跑累了，她的翅膀也丟得到處都是，她蹲在一根電線桿下哭泣，她的哭聲和春天無關，和愛情無關，和好好學習天天向上無關……

他的頭有些眩暈。

她的眼睛有些亂花花。

他使用古代的文言文加詩詞跟哭泣的女人對話：

「窈窕淑女，君子好逑！城管向爾示愛，何拒又這般……」

她使用外星語翻譯：「＊＊＊x＊＊＊x＊＊＊x……」

哭泣的女人的哭泣突然定格在畫布上，一個流浪畫家在街頭寫生。

他一翻身，從夢中驚醒。

他再一翻身，再次進入夢鄉。

他和她來到海邊居住。

海水和藍天一樣的藍。

他伸出手，摸了摸她的和自己一樣體溫的肚皮，說：「我找到我們想要的東西了！」

她對著他微笑……

他讓她鑽進自己的棉麻口袋，用證婚人送的尼龍繩子的一頭紮緊口，然後舉起擀麵杖猛地抽打，一，二，三，四，五，六，七，八，九，十，十一……他聽著她的處女膜再次撕裂般地疼痛聲，尖叫聲，血水滲出來……

他提著麻袋來到海邊，把麻袋丟進海水裡，紮緊麻袋口的長長的繩子的另一頭綁在岸邊的一塊墓碑上，墓碑上的文字已經模糊不清。

他站在起風的海邊，歌唱從來沒有唱過的一首歌曲。他感覺自己唱得很滿意，於是又重唱了一遍，他必須一直唱下去，就一直唱到天黑，星星爬上夜空的保護屏，人工玻璃般地閃爍紐扣大小的亮光。

天亮的時候，他停止了歌唱，他的嘴脣乾裂，咽喉疼痛，肚子比任何時候都餓！他走進海水裡，順著綁在墓碑上的繩子拖動，很容易就把沉重的麻袋拽出了海水。此刻的麻袋上吸附著一個個大牡蠣。他掰卸下這些大牡蠣，往墓碑上摔打，裂開的貝殼裸露出鮮嫩的肉，他張開嘴巴享受著這夢中的一切……

二〇一五年一月四日，海安五二三藝術館

青椒炒人肝

老太太坐在小板凳上等老頭子死去……中午時分，她慢慢地直起腰，向臥室走去。臥室內一片陰暗，混濁的尿騷味，食品的腐爛味……老太太慢慢地走到床邊，慢慢地在床沿上坐下，慢慢地伸出顫抖的枯乾的手，在老頭子的鼻子上碰了幾下。

老太太突然一陣驚喜，有些歪斜的嘴巴笑得更歪了，精神也來了，幾乎要跳起來……而她還不能完全確信老頭子這次是真的死掉了！她要找一個或兩個人來確認一下，讓她放心。

老太太一路小跑，跑到了東邊的鄰居家。

「來喜，來喜，來喜……你給我去看看，我家的老頭子是不是真的死掉了！」

這個叫來喜的中年男子，因為昨晚賭輸了錢，被自己的女人罵了大半夜，隨後，兩個人動手打起來，廚房裡的碗全被女人砸碎了。

此時，來喜和他的女人正面對面坐著，各自的手中抱著一個摔癟了的小鋁盆，吃豬肉韭菜麵條。

來喜看著老太太面帶笑容的臉，示意她找個小板凳坐下等一等。他笑了笑說：

「等我吃完麵條再去！」

吃麵條的女人因為昨晚被打腫了半張臉，嘴唇也破了，她每吃一口麵條，表情看上去都很痛苦。她還是努力向老太太點了點頭，笑了一下。這時，來喜從自己的盆子裡挑出一小塊瘦肉，放進女人的盆子裡。

老太太自己沒有去找小板凳，她駝背站著，內心突然嫉妒這個被打腫了半張臉的女人。她回想起自己的那個半身不遂的老頭子，因為懷疑她獨自偷吃肉，曾經讓她一次又一次走近，張開嘴巴，讓老頭子把鼻子伸進去嗅一嗅。

從結婚到現在，老頭子一直跟老太太爭著搶著吃東西，老頭子的下半身死掉了，不能走路了，而他的上半身更加地活躍，特別是他的嘴巴，罵起人來沒完沒了，他的耳朵不但不聾，還會豎著順著牆根偷聽老太太在另一間房子裡和別人都說了些什麼。一聽到老太太和另一個能走路的老頭子講話，這個半身不遂的老頭子就會氣得從床上爬下來，爬到院子裡又喊又叫……他的嗓音勝過殺雞宰羊！

「這個該死的老頭子！」

老太太有些站累了，她看了看來喜手中的盆子，估計他還要再吃上半天吧！就主動在他們家的院子裡轉了半圈，很快就找到了一大一小兩個椅子，她馬上丟下小椅子，拽著大椅子走，剛走兩步，大椅子的一條腿就掉了下來，她只好丟下大椅子，再去撿小椅子，同時，嘴裡嘟囔了一句：

「你們倆口子打架，別摔東西啊！碗摔了，用盆子吃飯，板凳全摔壞了就不能坐著吃飯了！」

老太太剛一坐穩，來喜就吃完了麵條，他用手背擦了擦嘴巴說：

「走，去看一看我這個叔叔是不是真的去了天堂！」

「呸！這麼壞這麼該死的老頭也能去天堂？壞人如果也去天堂，天堂早就裝不下了！」

來喜很快就走到了鄰居家。

他強了一下鼻子，走進了臥室。

「啊！俺這個叔叔總算是去了天堂！」

「老頭子是不是真的死掉了！你再給我好好看看，別讓他裝死，如果他是裝死，回頭又會把我罵得豬狗不如！他已經裝過兩次死了……他總是懷疑我和別的老頭子相好！」

「叔叔，你們家的房子起火了！……」

老頭子躺在床上一動也不動。

「叔叔，發大水了，全村的人都跑光了！……」

老頭子躺在床上一動也不動。

老太太突然回想起，二十年前的一次發大水，全村的人都跑光了！自己的兒子和兒媳婦也帶著孩子和牛羊逃走了！那個時候，老頭子已經是快死了的人，他半癱在床上不吃不喝！兒子已經為他準備好了棺材，還請來村裡最好的漆匠上好了黑油漆！洪水快要來的時候，兒子讓她放棄老頭子，和他們一起去逃生！她看著還沒有斷氣的老頭子，望著空蕩蕩的村莊，突生一絲憐憫，也就是這一絲的憐憫留住了她，她決定守護在老頭子身邊，和他同歸於盡也無怨無悔！

洪水來了，洪水沖進了房屋，床和桌子很快就飄浮了起來……這個時候，老太太大聲地尖叫，她的尖叫聲喚醒了沉睡中的老頭子，老頭子感覺房子也在晃動時，就努力爬動了幾下……老太太就掀掉了棺材蓋，然後背起老頭子，爬進正在漂浮的棺材……水越升越高，土胚的房子不停地倒塌，房頂的麥秸草和破爛的瓦片正被水撕裂……老太太感覺棺材正在下沉，就往棺材的另一頭爬去，這個時候老頭子也感覺到了恐懼，他怕老太太會丟下自己，就跟著老太太爬……很快，老太太和老頭子爬到了棺材的一頭，失去平衡的棺材的一頭又開始下沉……老太太又慌忙向棺材的另一頭爬去，老頭子還是緊緊地跟隨著老太太爬……兩個人來來回回地爬，老太太想，等老頭子爬不動的時候，棺材就會平衡了！可是，等她也快沒有氣力爬動的時候，老頭子還是緊緊地和她爬到了一起。

「你這個愚蠢的老頭子，你就不能停下來嗎?!我們倆在一口棺材裡，我還能跑到哪裡？我如果想拋棄你，洪水沒有到來之前就拋棄你了！」

老頭子於是就停了下來，和老太太面對面坐著，直喘氣……棺材被洪水沖進了一片樹林，卡在樹杈和樹杈間不動了，棺材平穩住了，天黑了下來。老頭子開始咒罵自己的兒子和兒媳……因為怨恨，老頭子堅強地活了下來！

老太太一直後悔，她後悔那個時候沒有丟下老頭子，如果那個時候就丟棄他，就不會有後來的二十多年的折磨了！

洪水退後，逃走的村民全部回來了，重新建造房屋……老太太和老頭子的兒子兒媳也帶著一群孩子回來了，牛羊也牽著一塊回來了……老頭子無法忍受了！就開始了大罵，他罵自己的兒子兒媳不孝，在兒子兒媳眼裡親爹的命還不如牛羊！

兒子苦悶了，就喝悶酒，喝完悶酒在村子裡遊蕩時，掉進了一口水井，淹死了！兒媳婦就帶著未成年的幾個孩子改嫁到了別的村子裡。

從此，這個家就剩下了老太太和半身不遂的老頭子。

老太太苦悶時，就在村子裡遊蕩，走到那口淹死兒子的水井邊哭泣，她一次又一次地後悔，如果不是老頭子天天咒罵自己的兒子，兒子就不會去喝悶酒，也不會淹死這口水井裡……如果當初自己丟下老頭子，讓洪水淹死他！兒子也不會死了！她也不會活得這麼辛苦！……她每天侍候老頭洗臉洗腳，洗衣做飯，大便小便……各種家務！還要沒完沒了地聽老頭子擺布和咒罵！

「老太婆，你給我過來，你是不是一個人在廚房裡偷吃好東西？……張開嘴，讓我聞一聞你的舌頭和牙齒！」

老太太就乖乖地走到床前，張大嘴巴讓老頭子用鼻子嗅了嗅。

「不對，你的嘴巴裡有一股肉腥味！你一定是背著我偷吃了什麼好東西！」

「是一隻爬蚱，我看到牠時，牠已經爬上了樹，正準備變成一隻知了！我捉住了牠，給你做晚飯時，我放進柴火裡燒熟了……」

「為什麼你一個人吃？為什麼不給我先嘗一嘗？你的眼睛裡還有我這個老頭子嗎？……」

「等下一次吧，我再看到就多給你捉幾隻爬蚱，讓你吃個夠！」

「讓我吃個夠？有好吃的東西你會讓我吃個夠？……你天天讓我一個人吃白麵條！為什麼不給我買一碗牛肉的胡辣湯？」

「我沒有錢！錢全讓你一個人吃藥吃光了！」

……

後來，老太太在一個寂靜的角落裡大便，她防止自己的大便被流浪狗吃掉。第二天，太陽升起來的時候，老太太看到自己的大便沒有被狗吃掉，而是被屎殼郎吃掉了！那個地方有一堆的沙土，像個小小的墳塚，扒開細軟的沙土尋找，找到了一隻黑亮的肥肥胖胖的屎殼郎！

阿太太把屎殼郎放進玻璃瓶子。等到黃昏時，她再次給老頭子做晚飯，做的還是一碗麵條，麵條裡飄著幾片香菜葉。她把屎殼郎放入一堆正在熄滅的柴火中……很快，屎殼郎燒熟了，能聞到一股奇特的肉的香氣！

老頭子丟下麵條碗，美美地享受著屎殼郎的肉……

「哦！——爬蚱真好吃！——爬蚱真香啊！……這麼好吃的東西為什麼我現在才吃到?!怎麼只給我吃一隻？還有嗎？你吃了幾隻？……」

老太太不想再理他，她曾幾次想用老鼠藥毒死他。

老頭子躺在床上一動也不動了！

「死了！叔叔這次是真的去了天堂！」來喜重複一遍說。

老太太笑了笑，說：「太好了！他是真的死了！」

十年前？還是十五年前？老頭子躺在床上裝死，他想知道自己死後老太太是什麼心情?!當他躺在床上不吃不喝，忍受了幾天飢餓，閉上眼睛和死人一模一樣時，所有人都以為他是真的死掉了！他豎起耳朵聽他們說出的每一句話，他微微啟動眼縫偷窺老太太臉上的喜悅！更讓他惱怒的是，村裡那一位最好的油漆匠的老爹也來了！這個老光棍牽住她的老太太的手說，我會好好照顧你的！

老頭子一聽到這裡，就嚎叫著從床上往外邊爬，手中抓起一隻茶碗向另一個老頭子砸去……

「你喜歡油漆匠的爹？」

「喜歡！」

「喜歡他的哪一點？他哪一點比我強？」

「他什麼地方都比你強！他是一個好老頭！」

「好老頭？我還沒有死，他就來搶我的老太婆！……我不會死的！我要等到你眼中的這個好老頭死後再考慮考慮去死！」

「他死了，還有別的好老頭！」

「你是想氣死我嗎？告訴你吧！你越想讓我去死，我越不去死！……我就不去死！我就不給你機會改嫁！你想離婚也不成！你想拋棄我嗎？你想讓全世界的人都知道，你是一個無情無義的老太婆嗎？……」

「我受夠你了！我真想用老鼠藥毒死你！」

「你毒吧你毒吧！你毒死了我，我變成鬼也會纏住你不放！」

老太太吵累了，不想再言語了。

老頭子就緩了口氣，說：「你殺了我就成了壞人，壞人死後會下地獄的！」

又過了一會兒，老頭子說：

「我的肚子餓了！快給我去做飯吃！你如果懶得給我做飯吃，就提著飯盒去鎮上給我買一碗牛肉胡辣湯吧！再加一盤羊肉水煎包！」

「我沒有錢，我的錢全讓你一個人吃藥吃光了！」

「你把銀手鐲賣掉吧！」

「我不賣，這是我娘家的陪嫁妝！」

「我不喝胡辣湯了，也不吃水煎包了！你去給我做飯吃吧！不要再給我做白麵條吃！要是能捉到爬蚱就給我捉幾隻爬蚱吃吧！」

「現在是秋季，沒有爬蚱！你如果想吃屎殼郎，我可以去找一找……」

「屎殼郎？屎殼郎也能吃嗎？」

「能吃，你已經吃過了！還說特別地香特別地好吃……」

「你這個該死的老太婆！你騙我——你給我屎殼郎肉吃！……」

「你還想再吃嗎？如果還想吃，我就去再找一找！去人拉的屎堆裡找一找，去狗拉的屎堆裡找一找，去豬或牛拉的……」

「你這個沒有良心的壞老太婆！當初我是怎麼對待你的？剛結婚的時候我是怎麼對待你的……」

「當初你對我很好！剛結婚的時候對我也很好！自從你病了之後，你就變成了另外一個人，你不停地折磨我，而我可憐你同情你，就留在你的身邊照顧你！洪水來的時候我沒有離開你……」

老頭子的眼角突然湧出一滴淚水。

老太太慢慢地走出了大門，她賣掉了銀鐲子，同時也賣掉了結婚時老頭子送的銀戒指。老太太用這些錢給老頭子買了牛肉胡辣湯和羊肉水煎包。

「快吃吧！吃完這些錢後，就沒有錢再給你買東西了！家裡也沒有值錢的東西可以拿去賣了！」

老頭子不說話了，開始吃東西。

「我本來想等你死之後，再賣掉這些東西，再買些黑漆，把你的已經褪漆的棺材再重新油一遍！……現在看來，我是等不到這一天了！也許，我會死在你的前頭吧！」

「最好是我們倆同一天死掉，裝進一口棺材裡埋掉！」

「你還想死了之後，繼續讓我做牛做馬侍候你嗎？你死了之後，變成鬼也只能爬著走路，你是去不了天堂的！去天堂的路要過很多的河，很多的橋，你想讓我把你背進天堂裡嗎？我不會幹的！……」

「我會死死地抱緊你的腿，讓你也去不了天堂！」

「我不會和你同一天死去的！」

「我如果死在你的前頭，就一直等著你！我會隱藏在草叢中，你經過時，我突然竄出來抱緊你的腿，你不帶我去天堂，我就拖住你去下地獄！」

「我恨你！我會提前死掉的，我不會讓你的陰謀得成的！」

「你去死吧！你現在去死，我也會馬上去死！」

「我恨你！……你為什麼就不給我機會過一天好日子！」

「你想過什麼好日子？」

「我想等你死了之後，再嫁一個好老頭，讓他帶著我，去城市看一看，去海邊看一看……」

「你就不要妄想了！我是不會給你這個機會的！這一輩子我們是夫妻，下一輩子我們還是夫妻！」

「如果有下一輩子，我就不做女人，我會是一個男人！看你拿我怎麼辦？……」

「如果你下一輩子是男人，我就會是女人，我們還是一家人！我還要你繼續伺候我！」

「我厭透你了！下一輩子做豬做狗也不想再和你是夫妻了！」

「我會一直跟著你的，你下一輩子是豬我也是豬你是狗我也是狗……」

……

「死老頭子，你終於死掉了！……」

老太太伸出乾枯的手掌，一個耳光再一個耳光，打在死去的老頭子的臉上。

「你終於死掉了！你再也不能折磨我了！我還是恨你！你死掉了我還是繼續恨你……」

老太太打累了，就坐在小板凳上哭泣。

來喜已經離去，又有幾個鄰居來看一看，他們的臉上沒有悲傷，但他們努力裝出很悲傷的樣子。

「來福，你們家有青椒嗎？」

老太太停止了哭泣，她突然問住在西邊的鄰居。

「有，我回家給您拿！」

來福說完，就轉身回家，他很快就拿來了半斤左右的青椒。

老太太在院子裡的小板凳上坐下，水盆，磨刀石擺在面前，她慢慢地彎下早已經駝背的身子開始一下，一下，一下地……磨菜刀，她零亂的白髮鬆垂在皺巴巴的額頭……鄰居以為這個可憐的老太太要殺雞招待他們，就一個個悄悄地離去了。

老太太磨了一會兒，就停下，用自己鬆垂的白髮試一試刀刃，試過之後，就遲鈍地回想一會兒，她不再遲鈍思考什麼時，就接著再一下，一下，一下地……磨菜刀。

動作。

一隻老母雞走過來，抬起一隻爪子，用一隻腳站著，歪著脖子，用好奇的目光看著老太太的

「老頭子死掉了！以後就不用再拿你的蛋去賣錢買藥了！你如果願意，以後下的蛋可以孵化一窩小雞！」

老母雞似懂非懂，站了一會兒，就自己去找蟲子吃了。

老太太拿著菜刀走進臥室……

「我恨你，我恨你……」

「我要吃你的肝，我吃掉你的肝後才能解除我對你的怨恨……為什麼你不早一點死掉！兒子都死掉了你還不去死！你這個半死不活的殘廢！你不分白天黑夜不停地折磨我，你整整折磨了我二十多年！我恨你！……」

鄰居聞訊再次返回，半張腫臉的女人嚇得萎縮成了一團，而孩子們也跑來了，他們很想看一看，老太太是怎麼吃掉「青椒炒人肝」。

「孩子們，你們想嘗一嘗嗎？我請你們吃。」

孩子們馬上後退幾步，老太太前走幾步，孩子們就往後退幾步……院子裡聚集的村民越來越多……油漆匠站了出來，他從老太太的手裡奪走了這一盤青椒炒人肝。

來喜和來福幫忙掰開，老頭子胸膛上的半尺長的傷口，烏黑的血黏乎乎地湧出來……染紅兩個人的手，油漆匠把已經炒熟了的肝連同青椒一塊倒進了老頭子瘦癟癟的胸膛。

來喜開始嘔吐，來福也在嘔吐……

老太太不停地尖叫。

「……快還給我！你們讓我吃掉他的肝！我恨他！……」

老太太被一群人圍上，她突然癱倒在了地上。

第二年，老太太家的母雞孵化出一窩的小雞。老太太傻呆呆地坐在小板凳上晒太陽，每隔一會兒，她都會重複地說一句：

「呸！你就不要在陰間裡等我了！我活到一百歲也不準備死！你如果想每天看到我，就轉世為一隻雞吧！必須每天給我下一個蛋！你不給我下蛋，我就馬上殺掉你吃你的肉……」

二〇一五年五月二十三日

上訪者

上訪者走在路上。

上訪者從八十年代末開始上訪。

上訪者在路上走了三十年。

上訪者找不到路的時候，就死在了貼滿標語的路上。上訪者很快見到了上帝，上帝說，「你的冤太深，你下不了地獄；你的恨太多，你也去不了天堂！我給你一次穿越時空的機會，讓你回到第二次世界大戰時期……丟掉忘掉你的太深太多的冤和恨！讓你代表日本軍的最高軍官說一句話，你想說什麼？」

上訪者說，「萬人坑挖在南京是一次歷史大錯誤，——應該挖在北京。」

二〇一六年四月十五日，北京宋莊鎮

時間

我又夢見了學生時代，分不清是小學校還是中學的教室裡……我和陌生的同學在搶位置，他們長著成年人的臉，而我？不確定自己的年齡？……我搶到了自己的位置，在靠右邊的一張雙人桌子下，有一個板凳倒在地上，另一個板凳不知道去向……

我伸出手，看到另外一個人也正伸出手，去拿倒在桌子底下的板凳……我突然就找到了一個空出來的位置，就像擁擠的公交車裡剛剛空出來的一個位置……我坐下來，看著那一個男子，快速地把板凳搬走，他不準備和我同桌？他準備去左邊的位置去學習……找不到書了！抬起中年人的疲倦，用老年人的聲音相互低語……

他們在聊牲口的生殖能力……肉的價格上漲……

他們聊安全套……用什麼刀具才能把醜陋的陰毛剃得乾乾淨淨！

……我猜想自己書包裡的剃鬚刀是手動的還是電動的？是去年買的還是十年前買的？……我的文具盒裡裝著備用的筷子和牙籤。

我為什麼來到這個地方？……

我為什麼來到這個熟悉的教室裡？房子很破舊，周圍的城市日日夜夜在拆遷……教室也拆掉了明亮的玻璃窗，然後用磚和水泥封上……沒有人準備使用翻牆軟件，去知道窗外的季節，我們有共同的燈光，照在我們共同的表情上……為即將到來的考試而去努力。我看到已經是媽媽的女生和自己的女兒同桌學習，甚至已經做了爺爺的同學也和長著成年人面孔的孫子擠在一起……用疲倦的眼神注視黑色的已經斑駁了的黑板，有腳步聲傳來，用各自的耳朵去確認是人類的腳步走過來……

我們的老師是店小二？他很有禮貌地走過來……他的聲音剛好能讓同一桌的人聽到，我看到同桌的男生張口說話，老師快速地端上來一碗麵條，他開始一大口一大口地吃……我沒有食欲，看了看他手中的碗，感覺他手裡的碗比北京餐廳裡的碗要大很多，而麵條裡只有白色的湯，看不到一丁點兒的肉渣和青菜！

「這位同學，你想參加考試什麼？」他用教師的嚴肅看著我，用店小二的禮貌，期待著我快速地說出一本書的，葷的或素的名字……

……

……

……我繼續坐在教室裡，現在只剩下我一個人了，教室像沒有門窗的公交車在移動，從南方移動到北方，沒有經過黃河，就到了不能再北的北京。我的肚子開始餓了，我不能下車，我不能走出教室，因為我缺少考試，必須補考一次，把尖叫中的胃腸填飽！可是，我的老師已經下班了，之前的那一位老師已經退休了，再之前的那一位老師已經死掉了，而新上任的老師必須在家喝完一袋國產的牛奶之後，才能上崗，老師的重新到來重新考試時間是明天！

……我有足夠的黃昏，我正在等待中，我有飢餓，我有一本書的名字，我幻想一個很大很大的碗……可以在碗裡洗澡睡覺，然後無怨不悔地死去。

天已經黑掉了，燈光沒有亮，我坐在教室裡，換了一個安全的位置……教室已經不再像教室，像北京到處都能找到的黑工廠的庫房，這裡，不夠安全，沒有星期天，沒有一險一金……桌子越來越少，越來越模糊……已經是下班時間，我為什麼還要一直坐在那裡等？從童年等到青年，再從青年等到中年……我等待的只是一次考試，把自己的胃腸考到及格分！

……我還能等到明天嗎？如果今晚不餓死，肯定能夠等到明天……而我的明天不是一本書的名字，僅僅是一個別人使用過很多次的碗！

……突然，用感覺，能夠感覺到腳步聲，異形的腳步聲……讓我用耳朵加上快要花掉的眼睛，感覺到不是教師的腳步聲，也不是店小二的腳步聲……它擁有人類的形體，而它絕對不是人類，它有隱形的能力，用詭異的表情緊緊地盯住我的弱點，慢慢向我靠近……

「不要過來！你滾開……」

我大聲地喊，識破它的隱形能力。

它有些惱怒，加快腳步向我衝過來……我快速地從書桌上抱起一台壞掉的鐘錶，狠狠地向它砸去……砸一下，它在閃避，再砸一下，它又在閃避，再砸，不停地砸……我終於砸中了它的腦袋，它的形體變得有些矮小了！鐘錶這個時候突然從停止了的時間裡，分分秒秒錯位起步走動……

二〇一六年四月十一日，北京宋莊鎮

天邊，有一朵雲

一條河溝被造紙廠汙染了。雨季，河水的顏色接近醋；旱季，河水的顏色接近醬油……瘦小的魚兒努力生長，比如那小小的長著漂亮鱗片的四光皮魚兒……這兒，還是癩蛤蟆的故鄉，從春天開始……牠們播種接近河水顏色的蝌蚪。

紅磚，水泥柱，鏽跡斑斑的鋼筋……組合成一座小橋，從河道的北岸通向南岸……綠色的莊稼，野草，野花，還有一棵一棵數不清的歪脖斷臂的楊樹……這裡，是父輩們創建的，讓七十年代出生的鄉下孩子，在這樣的環境裡和蝌蚪一起成長。

卑賤的名字要澈底卑賤到底。比如，父輩的男人中，有人的名字叫毛毛，就給他加一個狗字，忽略掉姓氏，他的名字就叫：狗毛！他的名字興旺，用狗取代興字就被叫成：狗旺，他的名字叫解放，用狗取代解字就被叫成：狗放，他的名字叫珍還是珍貴？沒有人這樣叫他，聽到有人呼叫狗枕，就知道是在叫那一個賣醋賣醬油的男人……他的名字不可以叫東明，他的姊姊不可以叫妞，他的名字不可以叫幹，他的名字不可以叫插……於是，就有了狗東，狗妞，狗幹，狗插，狗蛋，狗臀，狗毛，狗枕，狗……

同一個村子裡，有一個卑賤的男人叫蘇臭，另一個女人叫胡臭（狐臭）！名字已經卑賤到底，沒人再加上一個狗字。

還好，這種小地方的風俗惡俗沒有壟斷下去，沒有專制下去……這裡，七十年代出生的孩子的名字倖免了，命運卻沒有逃脫掉主流的恐怖。

那個叫胡臭的女人，她不懂什麼是愛情？到了結婚的年齡，經過媒婆之口，就和同村的另一個卑賤的男人結婚了，接連生下三個孩子……她本來可以生下四個孩子的，因為一時的心情不好，就把第二胎打掉了……

即使有人家生下了孩子，如果不喜歡這個孩子的性別或出生時辰，就會把這個雞狗一樣卑賤的孩子給掐死，扔進尿桶……這一代的父母，經歷過鬥地主、鬥反革命，他們很被動地經歷了文化大革命……一些覺悟高的還從事過紅衛兵，把破鞋掛在自己最尊重的親人或老師的脖子上狠狠地批鬥……

他們，卑賤地活著，在毛思想的照耀下……像癩蛤蟆一樣滾回臭水溝裡繁殖後代，鄙視文化，鄙視個人人權。

那個叫胡臭的女人，她生下的第二個小屁孩出門了。小屁孩一隻手裡拿著一枚硬幣，另一隻手裡提著一個空空的白酒瓶子……去那個叫狗枕的男人家買醋或醬油。有時，小屁孩手裡沒有硬幣，就從雞窩裡掏出一個熱乎乎的雞蛋，去狗枕家換醋或醬油。

這個男人不愛說話，他低著頭賣自己批發來的醋和醬油……他的女人又肥又壯，個頭超過了他，而他們卻生下了一個又瘦又小的女孩……

這個男人推著二八型號的自行車，帶著挎簍，左邊醋，右邊醬油，出門了……一個又一個村莊，相同的破磚爛瓦，或矮矮的麥草屋房頂，泥胚院牆，枯樹枝院牆，玉米稈院牆……毛主席微笑中的大畫像貼在堂屋的正中間……這個叫狗枕的男人來了，狗懶得叫，也懶得搖尾巴，靜靜地躺在麥草垛邊晒太陽……

他的男低音穿過枯木上的黑木耳，停止爬行的蝸牛，正在爬行的屎殼螂……勉強讓剛剛提上肥大寬鬆褲子的女人聽到了！女人有些小慌張，從茅廁裡鑽出來，沒有洗手，快速推開木門，從灶台上抓起一個黏滿草灰的空白酒瓶……去壓水井邊隨便涮洗兩下，就衝出了矮矮的歪斜的院門。

「賣醋的，你的醋裡有蝌蝌嗎？」

「沒有，我經過河溝的時候，從來不往醋裡加水？」

「你的醬油裡加過河水嗎？裡面如果有蝌蚪，我不給你錢！」

男人笑了，露出黑牙根，女人也笑了，露出大黃牙……

醋裝進了白酒瓶，顏色如同雨季裡的河溝水；醬油裝進了白酒瓶，顏色如同旱季裡的河溝水……無論是雨季還是旱季，造紙廠繼續生產紙箱排汙水……河溝兩岸的村民繼續吃河水一樣的醋和醬油。

……一年又一年過去了，像狗一樣活著的村民，思想跟著地方政府的主張變歪了，被欺騙，被壓榨，被剝奪……有人就去懷念蔣介石，期望他帶著國軍再打回來。

「賣醋的，賣醋賺錢嗎？」

「賺個鹽錢。」

「為什麼不去賣血，一個人賣血，全家人吃菜不愁！」
「賣血？去什麼地方賣？……」
「去當地政府新建的血站賣啊……正常的大男人都在賣血！」
「我以後不賣醋和醬油了，我去賣血……」
「賣醋的，你可以往自己的醋裡兌蝌蚪水，你在自己的血裡兌不了蝌蚪水……」

一個女人喊叫了一聲，小屁孩馬上報到。拿起空空的醋瓶子，空空的醬油瓶子……一枚，兩枚硬幣裝進小小的上衣口袋。

「狗枕不賣醋了，他去賣血了……」

小屁孩只好再多走一些路，去瘸子的店裡買醋和醬油。瘸子從來不往醋裡兌蝌蚪水，他只會往醋和醬油裡兌壓井水和顏料。瞎子也來買醋，他要先嘗一嘗，嘗過之後，稱讚瘸子的醋是中國最酸的醋，味道好得想讓你抱住瓶子一次喝掉半瓶！

小屁孩一邊走，一邊嘗了一口，感覺和狗枕賣的醋差不了多少。

很快，狗枕成了血站的常客，過度的賣血，轉變了他的生理機能，他不能再忍受一日三餐吃沒有腥味的白飯，必須要有肉，還要有酒……血，就像河溝裡的水往外流，不停地流，快要流乾了，必須每天加入一些造紙廠裡排出來的水，河溝才不會斷流，癩蛤蟆才能繼續去生養自己的蝌蚪。

他怕太陽了，陽光晒得他頭暈，他吃過飯之後不想出門，不想過問莊稼，只想去睡覺……

他的肥壯的女人每天下地勞動，臉變黑了，臉上的蝴蝶斑更明顯，體型變瘦後身材更結實更好看了……

女人把大蒜從地裡用鐵鍬挖出來，編成辮子掛在牆上晾晒。蘭花豆肥大的角兒正在變瘦變黑，小麥正在一點點變黃，麥收季節快到了……賣血男暫時停止賣血，養身體迎接麥收時的勞累。小屁孩開始流鼻血，他的母親已經為他買好了草帽和鐮刀。

陽光猛烈地暴晒在頭上，小屁孩戴上草帽拿起鐮刀，遠看像一位少年，再遠一點看像一個成年人。走近，走近，走近大便黃的麥田，小屁孩又流鼻血了。他抬起頭，看天邊的一片雲，想一想，這片雲什麼時候會變成雨，落進醬油色的河溝裡。

他看到很多的狗，都下地勞作了。沒有看到狗枕，聽說他怕下地收麥，出遠門了……有可能去廣州那邊賣血了，在南方賣血價格是中原的兩倍……

怕陽光，怕夏日毒辣的陽光……賣血，去南方賣血……

小屁孩不想長大，而麥收季節來了，他必須學著成年人牽著黃牛拉著一車沉重的麥秸走在塵土飛揚的泥土路上……流鼻血，流鼻血，小屁孩躲不開太陽的暴晒就流鼻血，每天都在流鼻血……他抬起頭在想，那個出遠門的狗枕每天流更多的血。

當小屁孩長高時，他不再流鼻血了，手中的鐮刀明亮，頭頂的草帽風吹日晒中變型變色……接近醋的顏色，雨季裡河水的顏色。那個更瘦更矮的賣血男回村了，他的老婆已經懷了孕……狗枕不在家時，有人暗中幫那個身材越來越好看的女人收麥子、耕地、種棉花、種玉米……

所以，女人肚子裡的孩子不是狗的，是雷鋒的。

下一個麥收季節，再下一個麥收季節……狗枕繼續離家出走，他去遠方賣血，他有沒有給家人留下賣血錢？……他的女人什麼都不說，女人生下一個小屁男孩，女人還是什麼都不說……

有一些老頭子、老太婆在麥收季節過後死去，死在一個農民清閒的早晨，讓哭泣聲和雄雞的啼鳴一樣響亮。

更多的小屁孩已經長大，長出青青的陰毛，讓手淫代替流鼻血……他們的父親用賣血換來的錢，為他們討屁股大一點的女人，他們不想要；為他們討奶大一點的女人，他們不想要……他們是七〇後農村青年，沒有上過大學，也沒有瘋掉，他們喜歡臉蛋漂亮身材也漂亮的女人繁殖後代，而夢想總會在現實中破碎……

麻子女嫁出去了，駝背女嫁出去了，禿頭女和傻女人個個都嫁出去了……每個村莊總會留下幾個條件偏低的光棍兒……有人開始研究母豬的屁股和山羊的屁股誰的最合適？

黃昏的天邊，有一朵雲。

死亡，讓人感覺好人得到了解脫。一位鄉村老知識分子對流鼻血的小屁孩說，如果毛主席五〇年之前就死掉，中國就不會有文化大革命，中國一定會民主富強……

在塵土飛揚的陽光下，另一個孤獨的小屁孩戴著草帽拿著鐮刀在等自己的父親回家……可是，賣血的父親一直沒有再回來！傳說父親感染了愛滋病死掉了！這個小屁孩不想自己是野種孩子，他從小不流鼻血，只會流眼淚……

黃昏時候，從遠方飄過來的這一朵雲，變成雨水落入麥田，落在草帽上……小小的哀愁，小小的憂傷，快快閉上你的眼睛吧！你聽，你聽，青蛙在裝滿醬油的河溝裡一邊播種一邊歌唱。

二〇一六年四月十三日，北京宋莊鎮

洋港橋

自從老婆病後，他就開始失眠，半夜遊遊蕩蕩來到自家的菜地，看黃瓜架上的黃瓜兒發呆。

他們省吃儉用，積蓄了一筆錢，準備年底為兒子在黃瓜地旁邊建一套兩層的樓房。兒子已經三十歲了，在城裡打工，因為沒有車和房，也一直沒有交上女朋友。

「黃瓜上的花兒都落了，黃瓜長老了，早就該摘下來賣掉了！……」他自言自語，抬頭再次望瞭望星空，猜疑明天的天氣。

「醫院去不得啊！化療一次就得花上萬塊……」他很擔憂，這樣治療下去，就沒有錢再建房也娶不到兒媳婦了。這個家難道要為娶一個兒媳婦而放棄為老婆治療嗎?!

兒子他媽的也太老實了，電影電視也不少看，怎麼就沒有學會坑蒙拐騙到一個女人？唉！即使騙到手一個女人又如何呢？沒有錢，很難培養出感情！沒有真愛的家庭太糟糕了！

他後來只好放棄為兒子建房，選擇為老婆一次又一次化療。

老婆出院後，一個媒婆突然來到了他們家裡。

媒婆用同情的目光看了兩眼，頭髮已經脫光的女人，臉色蒼白，有氣無神，軟綿綿地躺在床上。媒婆幾次想開口說些什麼，卻又不忍心直說，怕自己說錯了一句話會加重傷害到這個同齡女人。

「想吃點什麼嗎？——想吃黃瓜嗎？你們家種的有黃瓜！……我來得太急了，應該先去超市買些水果再來。」

他慌忙走前一步，說：「我們家有水果的，孩子他姨前天來時帶的蘋果還沒有吃完。」

「我還是直說了吧！」媒婆笑了笑，說：「我娘家的二哥的鄰居，有一個女兒，年齡已經二十八歲，還沒有對象……她的一條腿有點瘸，是左腿還是右腿我記不清了！不過，她們家的經濟條件還不錯！她們家只有這一個瘸腿的女兒，又不想嫁到別人家，怕男方的家人會欺負她！」

剎那間，他又驚又喜又憂起來，很被動地豎起耳朵，一字一句地聽媒婆傳媒。

老婆半死不活地躺在床上，似乎感覺到媒婆的到來和這個家庭有關，和兒子的婚事有關，而她因為已經死過一次，對人事間的事漠不關心！她努力翻動一下身子，伸出柔弱的手臂說：

「水，我要喝水！」

「水？還是水果？你要喝水還是吃水果？」他問，他正豎著耳朵聽媒婆繼續說，聽到老婆的呼聲，似乎是從很遠的地方飄過來。

他去給老婆倒水，已經感覺不到老婆的身影，面前的禿頂老婆，像似一個老和尚。

空間裡一陣空寂。

媒婆停頓了嘴巴，她正在努力用同情心去忍受別人的糟糕的一個家。她不想再繼續忍受時，又把話題轉回來，繼續說：「那個女孩已經二十八歲了，她的家人也很著急，只要男方願意嫁到女方家，男方不用花錢的……」

媒婆起身要走了，他像似被鬥敗的老公雞，還要努力微笑，禮貌去送。

「那個女孩的腿雖然有點瘸，可是並不影響生孩子，也不影響騎電動車，現在交通這麼發達，想去什麼地方又不用自己走路，到處都有出租車……只要有錢，想去北京就去北京，想去美國就去美國！」

送走媒婆，他想和老婆商量一下兒子的婚事，可是這個老太婆對什麼事都不再關心了，她曾經是一個很專制的女人，這個家庭的一切事務全要聽她一個人的。他從口袋裡掏出手機，看了看時間，想給兒子打電話，聽聽兒子的意見，他想讓兒子自己決定，只有決定，沒有了選擇。

手機已經欠費停機，他不想再繼續充值，他沒有可以訴說的遠方朋友，他不想再打電話找人借錢！手機只讓它繼續充電，把它當作手錶來用。

他去找公用電話，只找到公用的IC卡電話，他不想只為兒子打一個電話——打一個並不開心的電話——而去購買一張IC卡。這一個電話還是明天打吧，他隱隱感受到內心的疼痛又加深了，他已經失去了母親的子宮，又失去了妻子的子宮，現在又要失去兒子……

他騎著三輪車，去縣城的農貿市場賣黃瓜。

一個小夥子來買他的黃瓜。

「我想借用你的手機打一個電話，只說幾句話，可以嗎?」他對正準備付錢買黃瓜的小夥子說。

小夥子一愣，很快明白過來，就微笑著拿出自己的手機給他。

「這種智能型手機我不會用，我只會用直板的簡單型手機！我把號碼告訴你，還是你幫我接通以後，我再說幾句話吧！」

小夥子很快打通了電話，把手機遞到他的手裡時，他粗糙的手碰觸到白嫩的手，似乎被電療了一下，他內心的疼痛突然消失了。

「喂，兒子，我是你爹！我是借用別人的手機！你有空時回家一趟吧！前兩天，媒婆來我們家，給你介紹了一個對象……等你回家瞭解情況後自己下決定吧！」

他很快就把手機還回到小夥子手裡。

小夥子繼續付買黃瓜的錢。

「黃瓜不用給錢了，我使用了你的話費！」他說。

小夥子對借用手機的事並不在乎，他還是堅持要付買黃瓜的錢。他只好收下小夥子的錢，想另外再多給小夥子兩斤黃瓜。小夥子笑了笑，騎上電動車走了。

那天下著雨，他賣完黃瓜，感覺又冷又餓，就騎上三輪車去找小飯館。他要了一葷一素兩個炒菜，又要了一瓶白酒。一個人，安安靜靜地坐在角落，慢慢地吃菜，放鬆般地喝酒。

自從老婆病了之後，他整整三年戒了菸酒，也戒了肉。可還是節儉不出錢為兒子建房子！他只有一個兒子，生養這個兒子不是為了愛情，僅僅是為了自己防老。

今天，是兒子出嫁的日子，他高興不起來，他只想哭，當他想哭時，天就下雨了……兒子走了，老婆失去子宮失去長長的頭髮好像變成了一個男人?!

「什麼都沒有了?……」

他自言自語，一杯接一杯地喝。他的痛苦在旋轉，腦袋要去飛翔……

他努力克制自己，再努力振作自己，無論怎麼努力都感受不到希望，只能感覺自己真的老了，距離死亡不遠了！……或許，自己會死在老婆前頭，因為她已經死過一次了，而他願意只死一次，死得澈底。

他沒有喝完這一瓶白酒，因為身心疲憊，讓腸胃翻騰起來，噁心一陣陣……

他趔趄身子走出飯館，他的外衣口袋裡還裝著喝剩下的小半瓶酒。雨下得並不大，滴滴像眼淚落在街道上。他想去廁所，大小便加上嘔吐。

雨中，他走到了洋港橋，這只是普通河道上的一座普通的橋，他幾乎都不知道這個橋的名字，雖然他讀過書，也從這座橋上走過很多次，每走一次，感覺都是陌生的，冷清的，沒有印象的，也沒有回憶……

河水似乎在流動，卻讓人分不清是往南流動還是往北流動，或許河水已經死掉了，早就停止了流動，水面上流動的是雨水，眼淚般的雨水。

他看到河的兩邊都是綠化地，植物正在瘋狂般地生長，野草和人工種植的草編織成了厚厚的地毯，還有小小的花兒分不清是野生的還是人工種植的，開得星星點點滴滴。

他走下橋，選擇河邊的東北處的綠化地，走進去後，胃腸卻停止了翻騰，解開皮帶，開始小便。這時，他突然感覺到小樹叢裡有人，是一個男人，又一個男人，他們在大小便嗎？他突然意識到，自己以往的感覺是錯的……

雨在一滴一滴地飄落，綠綠的樹叢裡，另一個老頭子正在給一個小夥子口淫。聲音比牛犢吃奶還要大，讓人聽了心裡一陣陣癢癢。

他不知道自己是喝醉了，還是頭腦更清醒了！他就在他們附近，隔著幾棵植物，比看電影電視看得都清楚。而他們卻似乎沒有感受到他的存在，陶醉在另一個世界中。

「我到底是怎麼了?是已經死掉了嗎?……我來到的是天堂還是地獄?」

他自喃自語,頭重腳輕,搖搖晃晃,全身的血液加速流動起來再接著滾動起來……他突然勃起了,勃起的部位失控般地抖動起來……

他恍惚中感覺那隻吃奶的牛犢就是自己的分身,另一個老頭就是自己,他正貪婪地含住春天裡的最鮮嫩的黃瓜……

小夥子發出快慰的呻吟,呻吟越來越近,越來越沁人心脾,流動的火,從太陽穴位擴散,流經耳朵,流經肌背,抵達尾骨深處……

「你經常來洋港橋嗎?」

「不經常來。」

「你還會來嗎?」

「還會來吧!」

「你下一次什麼時候來?我等你……」

「不知道,我在工廠裡打工,經常要加班……」

老頭戀戀不捨地望著小夥子的背影離去。

他也用愛戀的目光送小夥子越走越遠的背影。

老頭回過身,似乎發現了他,又似乎沒有看到他,慢慢地移動兩步,加快腳步往橋下走去……

他對這個老頭不感興趣,因為他也是老頭。那個老頭是七十歲的老頭,而自己是六十歲的老頭。

「哦！七十歲的老頭敢做這樣的事?!六十歲的老頭為什麼不去嘗試嘗試……」

他的內心在嘀咕，回憶的畫面再次浮現，讓口水從嘴角流出來。

這是一個神奇的地方，一定還有很多東西不知道，想要去探索嗎？想要跟著七十歲的老頭去橋下面嗎？哦！為什麼不，他要走過去看一看……

當他走到橋洞下面時，大吃一驚，三五個男人正相互擁抱一起，相互調情。一個戴眼鏡的中年男子，外表斯文，衣服整潔，皮鞋擦得油亮，而他完全沒有一點點的羞恥，解開褲子，裸露出雪白的屁股，哼哼道：「老公，我想要，快來操我……」

他差一點暈倒過去，這個聲音似乎是在召喚他，又似乎是在指引他繼續往前走……他裝作什麼都不在乎的樣子，往前走。橋洞下面的光線有些暗，他突然喜歡上了這裡的陰暗。

公廁？哦！原來橋洞下面建有男女公廁。

男廁所門口處站著一個老頭子，女廁所門口處站著另一個老頭子。一下子看到這麼多的老頭子，就忘記了那個在樹叢裡給小夥子口淫的老頭子了。

這麼多的老頭子都在期盼著年輕的腳步聲音，從遠處的雨水中穿越而來。

他沒有停下腳步，來回移動，只看到兩個中年男子和一群老頭子。戴眼鏡的中年男子很想讓另一個中年男子操他，但是沒有成功。

「不行的，不行的，我沒有做過1號！」另一個中年男子訴求。

他對他們的行為感興趣，對他們沒有興趣，他一直被那個離去的小夥子的身影所纏繞，他突然回憶起來，那個小夥子他曾經見過，他還借用過他的手機給兒子打過電話。

哦！兒子，一想到他和一個走路又瘸又拐的女人結了婚，內心就一陣難受！這一切不是愛情，也不是緣分，而是無法擺脫掉的狗屎般的命運！兒子出嫁前，他曾經買過最後一注彩票，如果中了頭獎，他就會做主把婚事退掉，給兒子買房買車，再娶一個比他媽媽要好十倍或上百倍的女人做老婆。

一想到兒子的媽媽，那個可憐的老太婆，就讓人心碎！他不想再活了，真想跳進河裡死掉！

「死都不怕了！我還在乎羞恥嗎？來這個地方的老頭子能做的事，我為什麼不能做？……」他內心掙扎著嘀咕，下定決心，以後要常來這個地方。

他又走動了一個來回。

站在男廁所門口的老頭和站在女廁所門口的老頭相互調換了位置，一個老頭子在裡面蹲了很久，提上褲子走了出來，另一個老頭子走了進去。

「唉呀！怎麼一個年輕的小夥子都不來啊！」

一個老頭邊跺腳邊嚷嚷道。

「雨還在下嗎？」

「還在下，不過下得小了，下雨天沒人來！」

「我們不是人嗎？唉！下雨天來的全是老頭子。」

「太年輕的小夥子也不好，大多都是賣淫的！多來些好看的中年人也不錯啊！最好是雞雞大的，能做1號的，能幹時間長一點的！」

兩個老頭就像兩個門衛，站在公廁門口對話。

可以。」

「遇上賣淫的小夥子也不怕，就怕他偷搶騙！他要是和你好好玩，一次給他三十塊五十塊的也

「現在年輕人找工作容易多了，很多工廠裡都在招人。去工廠裡打工，一天最少能賺一百塊錢呢！還有哪個小夥子願意下雨天來這裡去賺你的那三十塊五十塊?!所以，年輕的小夥子都去工廠裡賺錢了！來這裡的全是退休的老頭子。」

站在女廁所門口的老頭有些不服氣，接著說：

「一個老頭一次給他三十塊或五十塊！他要是一天的功夫把來這裡的老頭都給操了，至少能賺五、六百塊的，今天還是下雨天，來這裡的老頭有十幾個！」

……

這時，傳來一陣有力的腳步聲。聲音讓人又懼怕又興奮起來。果然來的是一個小夥子，他的手中握著一把溼淋淋的紅色的傘。他破舊的皮鞋上沾滿了油汙和泥水，衣裝有些不整，眼睛裡放射著賊亮的光，快速巡察一遍來這裡的每一個人。

「喂，你好！」戴眼鏡的中年男子和小夥子打招呼，小夥子沒有理他。

「他聽不到，他是個啞巴！」一個老頭子對戴眼鏡的中年男子說，他討好般地詳細介紹：「他來這裡玩是要收費的，每次來這裡玩都不洗澡，只把雞巴蛋蛋洗得乾乾淨淨！他是在老汽車站附近修自行車電動車的老李的徒弟！」

「喂，小夥子，你玩一次收多少錢？」

戴眼鏡的中年男子追上去，伸手拉住了聾啞的小夥子。小夥子似乎明白了他的意圖，就用手向

他比劃自己陽具的大小，然後是價格。他看了看戴眼鏡的中年男子沒有全明白，就快速彎下腰，從地上尋找可以寫字的東西。他撿起半塊髒兮兮的磚頭，狠勁往地上一摔，破碎的磚頭散落一地，他快速撿起一小塊鮮紅的碎塊，在灰色的水泥橋墩上寫上：

「打氣一次五十塊。」

戴眼鏡的中年男子接受了這個價格，就和聾啞的小夥子準備去廁所裡進行交易。七、八個老頭子聞訊聚攏而來，似乎個個要參與這場交易。戴眼鏡的中年男子有些不高興，他用厭煩的目光抵制圍攏而來的一群老頭子。最後，他伸手拉了拉小夥子的手臂，示意走出橋洞，去雨中的小樹叢裡。

聾啞的小夥子順從地跟著戴眼鏡的中年男子，一前一後鑽進了雨中的小樹叢。

雨似乎下得更大了，他很想去偷窺，雖然他並不喜歡那個聾啞的小夥子和戴眼鏡的中年男子。剛一走出橋洞，他的腳一滑，一屁股摔倒在地上。後邊還有兩個老頭，也正要跟著去偷窺幾眼，看到走在前面的老頭滑倒了，就畏縮回來，然後一起譏笑摔倒的老頭。

他從地上爬起來，並不在乎衣服弄髒了，他感到膝蓋一陣疼痛，這些疼痛暫時轉移了心靈的疼痛。他揉了揉膝蓋，又準備去偷窺，再次走到橋洞口時，一條腿突然一軟，又差點摔倒，他只好放棄了去偷窺，內心卻多出了一份期盼，希望有一天能遇上那個帥氣的小夥子，好好體會一次從沒有過的感受。

大約過了一個小時，戴眼鏡的中年男子一身疲憊，臉上寫滿了滿足，從樹叢裡慢慢鑽出來，一步一步走回了橋洞。

「舒服完了？」一個老頭子問。

「他的雞雞大不大？」另一個老頭子問。

「他收了你多少錢，是五十塊錢嗎？玩了這麼久……花五十塊錢值得！」再一個老頭子問。

「這個啞巴的雞巴細長細長的，龜頭卻很大，長得像似蘑菇……他媽的還真能插真能操！不過，他操得我一肚子全是氣！」戴眼鏡的中年男子一邊說，一邊摟起自己的襯衫給一群老頭看自己膨脹的肚皮。

老頭們一陣哄笑。

「我現在明白了，他為什麼在牆上寫著打氣一次五十塊！」戴眼鏡的中年男子自嘲地解釋，說：「這一大肚子的氣，也不知道要放幾百個屁才能放完！」

大夥都開心地笑了，似乎在這個時候都成了親朋好友。

那個聾啞的小夥子不知道去了什麼地方。

他騎著三輪車繼續去賣黃瓜，感覺腿有些疼痛，他想讓腿快些恢復，就去了一家診所。

診所裡，矮矮胖胖的女醫生，一隻手拿著棉籤，另一隻手拿著藥瓶，給一位黑黑瘦瘦的中年女人的腳塗藥水。這個女人的腳上全是灰趾甲，加上腳趾長得有些畸形，看上去很噁心，再多看一眼就會後悔。

他在椅子上坐下，他總是強忍住不去看那個女人的腳，越是強忍就越是把眼睛移動而去，再次看到畸形的腳上的灰趾甲，噁心得想吐。他轉移自己的目光在矮矮胖胖的女醫生身上，一個動作一個動作地去關注……他的目光又很快落在了畸形的腳上的灰趾甲上！他馬上站起來，轉身就走。

「喂，那一位老師傅，你要看什麼病？」

他走出診所時，聽到女醫生喊了一聲，他不想回頭，就騎上三輪車繼續找診所。

他看到一家藥店，就停下車，正準備進去時，一個熟悉的身影飛了過來，呵呵！是那個日思夜想的小夥子，那個帥氣漂亮的小夥子，那個曾經買過他的黃瓜的小夥子，那個曾經借給他手機給兒子打電話的小夥子，那個去過洋港橋的小夥子……

小夥子買了一盒安全套，走出店門後，他快速追了上來。

「我們見過面的！」他說。

小夥子笑了笑，努力回憶。

「你曾經去農貿市場買過我的黃瓜！」他說。

小夥子搖了搖頭。

「在農貿市場裡，你買過我的黃瓜，我借用過你的手機給兒子打過電話……」他說。

小夥子笑了笑，點了點頭，然後準備告別。

「我喜歡你，我們還能再見面嗎？……」

小夥子點了點頭，騎上了電動車。

他衝著小夥子離去的背影，天真地喊了一聲：「——我在洋港橋等你！」

二〇一四年十一月四日，海安五二三藝術館

洋港橋（之二）

一個人的晚餐，簡單。

孤獨的你，吃過中午的剩飯，天很快就黑下來，路燈在亮。步行，人行道，穿過街道，左轉彎，或右轉彎？再走幾步就是河道，河邊有散步的人，零星的，吸菸的男人。

你很快就走到了洋港橋，黑黑的橋洞下，肉眼能看到一個人影在徘徊，走近他，感覺他的體積比你大，呼吸聲，嘆息聲……很快，你感覺那個人是一位胖老頭。

他知道有人到來，心情似乎好了很多。

他移動兩步，看了看你，看不清你的臉，感覺你的身影不是一個老頭子，不是老頭子就好！因為一個老頭子很難喜歡上另一個老頭子。

再沒有第三個人了。你的嘆息給自己。是接著再等，還是湊合一次？

腳步聲，在移動，你聽你的腳步聲距離胖老頭越來越遠……你聽胖老頭的腳步聲距離你越來越近。你走進了女廁所，胖老頭也跟了進來。女廁所晚上沒有人來，裡面的臭味比男廁所淡，地面也乾淨很多，不過，都是黑燈瞎火。那個破壞照明燈的人是個「好人」，是他幫助了卑微的人在黑燈瞎火裡得到快樂，羞恥次次被黑暗隱藏。

時間飛逝，煙灰從冷冷的指尖飛落，汙濁的流水聲，聲聲帶走破碎的夢景。

是要湊合一次嗎？

一個年老的0號去滿足一個年輕的0號？

胖老頭已經主動蹲下來，他等你轉身移動一步，拉開褲子拉鍊……

你拉開了褲子拉鍊，但沒有轉身移動，你突然身心麻木，疲軟的尿尿聲，有完沒完……你繼續疲軟，那個胖老頭繼續蹲在便池上等待。

這個時候，有腳步聲從遠處走來，聲音越來越近，聲音在公廁門前停住。裡面的人看不清外邊的來人，外邊的人也看不清裡面的人。

你突然想，期盼外邊的那一位走進來，胖老頭也是這樣想的……當你對一個看不清的人影充滿欲望時，一下子就勃起了！胖老頭興奮起來，他重新擺正蹲下來的姿勢。

外邊的那一位穿著黑亮的皮衣，他看清裡面已經有了兩位，就不想再進去。皮衣男就移動腳步，向橋墩的另一處走去。

你快速提上褲子，拉好拉鍊，追隨皮衣男的腳步。

你知道皮衣男會在什麼位置停下，他果然停下了，你走上前，兩個人鼻子對鼻子對視，還是無法判斷對方長得俊還是醜！兩個人，一前一後，就再移動幾步，走出橋洞，借用從橋上落下的燈光。

你喜歡上了皮衣男，不過，還不是特別地喜歡。

皮衣男渴望接近你，他沒有開口問話，這樣更好，不說話要比說很多廢話和謊話要好很多！皮衣男的手很涼，和他身上的黑皮衣一樣涼。他開始撫摸你的大腿，只幾秒，就摸到了正點上，他拉開了你的拉鍊，就像打開重新包裝過的禮品盒……哦！他的手真涼，再多摸兩下你就會軟下來，你就用一隻手守護好自己的陰莖，說：

「你撫摸我的蛋蛋吧！」

皮衣男附下身，親吻你的睪丸。

腳步聲，是胖老頭的腳步聲，確定他快要靠近時，你提上了褲子，重新拉回褲子拉鍊。

「都是出來玩這個的，不用怕，你們玩，我在旁邊看！」胖老頭在你們身邊停下腳步，很想參與進去。

你移動腳步，走到另一處的橋墩。皮衣男也跟了過來，這樣很好。

皮衣男從背後擁抱住你，親吻你的脖子，你感覺很舒服。皮衣男的手像結了冰，而他的嘴唇像火苗。你全身的溫度在升高，睡醒般的血液奔流到四肢……

胖老頭的腳步聲，走走停停，越來越近。胖老頭靠近你們，呵呵一笑說：

「你們繼續玩你們的吧，我不會打擾你們的，我只在旁邊看。」

你蠕動了幾下嘴唇，想罵胖老頭，沒有憤怒，發不出聲音，使用厭煩的眼睛暗示給胖老頭，相信他是看不到的。你移動腳步，回到原來的橋墩處。

皮衣男一直不作聲，他似乎滿不在乎胖老頭。

你走到什麼位置，皮衣男就跟過來，胖老頭也很快跟過來。

你突然有點心煩，很想馬上離開這個地方。你伸出手，拉開皮衣男的拉鍊，想快速知道他勃起的長度，如果很小，你就丟給胖老頭，自己離開……

皮衣男在你的撫摸下，慢慢勃起……你高興了，就蹲下身子親吻！

這時，胖老頭又走了過來，他在你們身邊停下，說：

「我在等我的一位朋友，在電話裡已經約好了……」

你向另一處橋墩走去，背後是皮衣男的腳步聲。

「你在什麼地方工作？」

「火車站附近。你呢？」

「我在人民醫院附近的一家酒店工作。」

你閉上嘴，不想再多問也不想再說一句廢話，無論問什麼或聽到什麼，都和性交無關……你想要的僅僅是一次很滿足的性發洩。

即使這個人讓你爽得快要死去，你也不會去愛他，你已經習慣了，習慣提上褲子就馬上忘記他……

你努力張大嘴巴，想把皮衣男全部吞下……

你褪下褲子，把屁股裸露給皮衣男，他的手已經不再冷涼，變得很柔軟，而他硬起的東西正滾燙地頂進你的肉體……

「慢點插，有些痛。」你輕聲說，不用撒嬌的口氣。

他放慢速度……

他加快速度……

這時，胖老頭的腳步聲靠近了。皮衣男不想拔出來，想繼續……你推開皮衣男時，感覺是自己的大腸被扯拽走了。

你轉身走進了男廁所，臭味撲鼻，你快速撤離，轉移到女廁所，皮衣男沒有把褲子提上去，他雙手抓緊自己的褲腰帶，一直挺著勃起的黑色的影子跟著你走。

胖老頭的眼睛越來越適應這裡的黑暗，他似乎看到一根大屌，在召喚他，他不願意離去。

你蹲在胖老頭曾經蹲過的那一個位置上，皮衣男站在你曾經站過的那一個位置。時間一分又一分過去，皮衣男開始疲軟了。

你繼續蹲，皮衣男繼續站，胖老頭站在門口，站成了雕塑。

你點起一支菸。

你不想再來回換地方，只要皮衣男不走，你就一直堅持住蹲下去，一定要讓那尊雕塑崩倒！而胖老頭經過來回的運動之後，身體似乎更加強健了！

黑暗中，看不清胖老頭的表情，他突然拿出手機，撥一個號碼……

「喂，你什麼時候來啊？我還在洋港橋這個地方等你……」

電話聲纏繞住你們，和你們無關，而又不願離去。

你沒有耐心了，提上褲子走出女廁所，皮衣男有些不高興，似乎想離開這裡，他跟隨你的腳步慢了下來。

「我們去小樹林吧。」皮衣男說。

「不去，那個地方有人！」你說。

「這個時候，不會有人去小樹林的，我們去看看吧，要是有人再回來……」皮衣男說。

「不去，什麼地方都不去，我倆就在這個地方……」你說。

你用手繼續撫摸皮衣男的陰莖，撫摸兩下，就把手指放在自己鼻子下嗅了幾下。皮衣男嘆了一口氣，他再次擁抱住你，親吻你的臉頰。

你喜歡有人這樣舔你的臉，一直舔下去，而你，堅決不發出一聲快慰的呻吟。

你閉上眼睛，感覺自己正在慢慢死去，埋葬你的這個男人穿著光滑的黑皮衣，他從口中吐出無數個花瓣埋葬你……

皮衣男猛烈地抽插……你準備好了就這樣死去。

腳步聲，又是腳步聲，腳步聲喚醒你——胖老頭來了！

「射了沒有？射了沒有？要是還沒有射就接著玩吧！」胖老頭似乎是在問皮衣男，又似乎是在問你，他一邊撥弄自己的手機，一邊輕柔地說：「你今晚來嗎？要是來就快點來吧！我已經等你半天了……」

你提上褲子繼續換位置。

皮衣男一邊走一邊用紙擦自己的陰莖。

橋蹲下，你又做好了性交的姿勢。皮衣男的陰莖軟綿綿的，貼在你的屁股上，你耐心地等待……用雙手掰自己的屁股。

腳步聲，胖老頭已經到了跟前，他還是用同樣的語調問：

「射了沒有？要是沒有射，就接著玩……」

你無語。

皮衣男又從口袋裡掏出紙擦自己的陰莖。

胖老頭又拿出手機，他看了看時間，沒有撥號碼，自言自語：

「太晚了，天氣又冷，我不想再等我的那個朋友了，他即使現在已經來了，我也不想和他玩了！我要走了……」

你終於等到胖老頭說出了一句你想聽的話。

可是，胖老頭說走，腳卻不想移動。

你無語地站在橋蹲下，看著皮衣男，他的模樣越來越模糊……他擦完自己的陰莖，拉上拉鍊，扣好了皮帶。

「還玩嗎？」皮衣男問你。

「射了沒有？」胖老頭問皮衣男。

「你還能硬嗎？」你問皮衣男。

「還能硬！」皮衣男說。

胖老頭又看了看皮衣男，說：

「我要走了，你們接著玩吧！」

你等待……

皮衣男等待……

胖老頭移動了半步，還是不想離去。

準備。

「我把電話給你，你有空的時候給我打電話吧！」皮衣男對你說，他已經作好了離開洋港橋的準備。

「不用了，你下次什麼時候來？」你問。

「不知道，不知道什麼時候才有心情來這個地方！我走了！」

皮衣男快步離去，沒有說再見，你也沒有說再見，你也不知道自己什麼時候才有心情再來洋港橋。

你不想和皮衣男，胖老頭，一前一後走出橋洞。你站在空寂中等待……

胖老頭似乎已經得到了滿足，他心情愉快地哼著小曲，慢慢地走著，慢慢地走出黑暗的橋洞，在路燈下，胖老頭布娃娃般的背影似乎永遠都不會感到疲憊，傷感、失落、厭世！

二〇一四年十一月十二日，海安五二三藝術館

CS幻覺

我的網名叫：騷騷騷！我是一位不一般的警察，現年三十三歲，未婚。我特別要注明的是：同事都說我的屁股長得很性感！

今天，我們的特別行動隊接到上級命令，去解救四位人質。

這四位人質的身分都不一般，他們是影響了全世界的美男子。這四位美男子是我們總統的情人。自從四位美男被土匪綁架後，我們的總統就一病不起，無法完成國家大事！於是全國上下人心惶惶，不知道該如何是好啊？

我們的國家美女多得是，幾乎遍地都是，只是美男太缺少，想再招聘四位美男來安慰我們總統的那顆破碎的心很不容易啊！

所以我們一定要行動起來。

「養兵千日，用兵一時……同志們，現在是你們表現的最佳時機！」

這是上級領導的指示和命令。

一聽說要和「壞人」搏鬥，我就全身起雞皮疙瘩，再一聽說是要拯救美男，啊——我的心，我的心和下半身就要燃燒起來。

這次行動是祕密行動，不能打草驚「妖」。

這次行動是特別行動，我於是帶好手槍的同時也帶好了大號安全套。

大鬍子，眼鏡、小流氓和我，已經代表全國最優秀最傑出的警察。

「這次行動，只能成功，絕不能失敗！」隊長大鬍子說。

於是，遊戲開始了。

第一回

因為腐敗官員太多，政府使出擠奶的勁才給我們每人發了八百塊人民幣，讓我們自己到超市買自己的必需品。天啊！這可讓我們警察怎麼活啊！

「同志們，不能氣餒！一定要咬緊牙，繫緊褲腰帶，來完成黨和國家交給我們的任務！我們特種警察的血是熱的，陽具是硬的！我們不怕犧牲，所以我們一定能夠取得勝利！」

這是隊長大鬍子性感的鼓勵，讓我的肛門一陣陣潮溼。

我和同事或戰友一起去了京客隆超市，討價還價……唉！每人只有八百塊錢，什麼好槍都買不到！我們最後去了易初蓮花超市，每人花掉八百塊錢只買了一把小手槍，和兒童玩具差不多，想再多買幾顆子彈？唉……沒錢了！

「他媽的，只好這樣了！」眼鏡說。

「他媽的，這不是讓我們去送死嗎？」小流氓說。

「隊長，我陽痿！」我說。

「寶貝！不要難過，等救出四位美男，先讓你去享受享受……」大鬍子說。

「真的啊？」我一下子高興得跳了起來，摟住大鬍子的脖子送上了一個響亮的吻。

據最新可靠的消息：土匪們攜帶著四位美男逃到了東單公園，他們不僅有短槍，還有長槍和手榴彈，最重要的一點是他們身上穿著防彈衣。

「不怕不怕不怕……啊！不怕不怕不怕……」

我硬著頭皮跟在大鬍子，眼鏡和小流氓身後，慢慢地，慢慢地向東單公園大門靠近。

「叭！叭！」

從假山上傳來兩聲槍響，緊跟著，又是「叭叭……」一陣槍響。啊！走在我前面的大鬍子和小流氓就倒下了。眼鏡也中了一槍，他慌忙一跳，鑽進一片樹叢中；我的前方正有一個敵人用槍瞄準了我！他開了槍，子彈沒了，慌忙加子彈……這時，我舉起了手槍，只聽「叭叭」兩聲，那一個土匪就倒下了。

我一陣驚喜，正要高興地唱起來，這時，我突然中了彈，身上的一百斤血一下子全嘩嘩嘩流淌了出來，緊跟著我就死了。

再接著另一個土匪叭叭兩槍，幹掉了眼鏡。

「他媽的，一群蠢豬！」

上級領導這樣罵我們警察！讓我們第一次抬不起頭來，雞雞萎縮了好幾天。

第二回

遊戲開始了，我們再次復活，個個生龍活虎般精神。

背景音樂響起：〈你怎麼捨得我難過〉。

「同志們，我們一定要取得勝利！」

「是！」

「領導，可憐可憐我們吧！給我們每人一件防彈衣穿吧！」

「你這個騷B，沒有立功還想要防彈衣？給你們每人八百塊錢已經很不錯了！」

「狗日的，這次一定要成功，一定要打倒全部的土匪，解救出我們總統的情人！」

「是！是！是……」

時間正是黃昏，東單公園裡一片沉寂。

我們一步一步向前挺進。

大鬍子的屁股撅得高高的，看上去很性感！他的兩隻眼睛緊盯著手槍的前方，一片又一片祕密的樹叢，在黃昏中加深了更多的神祕！

「你聽，有汩汩的水聲！」

「噓！小聲點！」

我豎著耳朵，尋找水聲的源頭……在一片更密的樹林裡，啊！有一位帥哥，他正在撒尿，——

碩大的一根雞雞從牛仔褲的前門拉鍊裡掏出來，嘩嘩嘩地尿個不停。

我知道，他正是我們要找的土匪。

我於是，雙手舉起了手槍，先是瞄準他的雞雞，而我沒有開槍。他突然意識到有敵人正向他靠近，慌忙收回雞雞，還來不及拉上褲子拉鍊，就舉起了一根國產的紅松木把柄的長槍。

當這名土匪發現我時，我正伸出舌頭舔了舔嘴角的口水。

哈哈哈……帥哥！太晚了，因為我已經舉起了手槍，正瞄準你那豐滿的肌肉發達的胸膛，啊！只聽「砰！砰！」兩聲！

這名土匪的一隻手捂著鮮血奔流的胸口倒下了，他就這樣地含恨帶怨地閉上了一雙明亮的大眼睛，眼角分泌出兩滴水晶般的淚水。

啊！親愛的……

我飛快地走了過去，蹲下身子，親吻他眼角的淚珠。

我還要接著去親吻，我把手伸進了他的褲子拉鍊……這時，從背後響起一聲冷槍，我的血一眨眼就流光了，我於是倒在了草地上；一隻手丟棄了手槍，另一隻手還緊抓住土匪的內褲不放。

我死了！

我就這樣幸福地死了！

第三回

遊戲開始了，我們再次復活，一個個如吃了春藥般興奮！

雖然我們還沒有取得勝利，但我們的成績表現得相當不錯！上級領導於是獎勵了我們每人三千塊錢，我不但買了手槍和防彈衣，還買了一盒水果味的安全套，希望這次行動中能夠全部用得上。走在去長安大街的路上時，我又花了四塊錢買了兩注福利彩票，如果我中了一千萬大獎，我一定包養十個小帥哥，每天讓他們……

這次，我們兵分兩路：大鬍子和眼鏡一路，我和小流氓一路。

「發現前面有敵人！」小流氓提醒我。

「長得帥嗎？」我問小流氓。

「帥！」小流氓話音剛落，一顆子彈就呼叫著飛了過來。

「啊！我的屁股中彈了！」我捂著受傷的屁股尖叫了一聲，一百斤血嘩嘩嘩地從傷口流出了三十斤。

「媽的，敢打我的屁股，看我怎麼打你的雞雞！」我於是舉起了手槍。

「砰！叭！砰砰砰……叭叭叭……」

我和兩名土匪同時交起了火。

小流氓中了一槍，他一下子蹦起三尺高，腳下的鮮血染紅了大理石地板磚。

「砰！砰！砰砰砰……」

小流氓打倒了一個土匪，他的血也很快流乾，倒在地上，死了。

天啊！我的血現在只剩下二十八斤了！

我的手槍子彈此刻也打完了，我望著對面激情的槍口，心想這回又完了！這時，大鬍子突然從假山上跳了下來，摔出一連串的子彈，打得土匪哼都沒有哼上一聲，倒在地上死了！我跑上了前，從土匪的屍體旁撿起一把還帶著體溫的長槍。

啊！我好高興！雖然我們還沒有取得勝利，但我卻得到了一把從一般超市買不到的好槍。

第四回

這次行動是黎明時分。我匆忙洗過臉刷過牙，又匆忙在臉上抹了一點「大寶潤膚霜」，梳了梳越來越少的頭髮。

「這次，我們一定會救出人質，得到總統給我們的獎金！」

「喂，哥們，聽說總統為失去的四位情人得了相思病！」

「我至今都還沒有見過那四位美男的影兒，他們的美貌值得讓我們的總統如此動情嗎？」

「瞧瞧我們做警察的多麼不容易啊！我們立不了功就得不到獎勵，也就沒有錢去男妓館尋開心！」

「是啊！我們只能每天自己手淫！」

「哈哈哈……下次讓我幫你手淫吧！」

遊戲已經開始三十秒，大夥還在閒聊著。

「叭！」遠處傳來一聲土匪的槍響。

「他媽的，他們先挑逗起我們來了！抓住他們先雞姦然後再殺！」

大鬍子說著，一閃身鑽進了一片樹叢。

眼鏡一跳，上了假山。

小流氓順著羊腸小徑，向前衝跑。

啊！我不能落後，我緊了緊褲腰帶，迎著槍聲衝上前。

我一個人向前跑啊跑啊跑……槍聲卻越來越遠。我突然發現一個山洞，山洞裡閃亮著一盞盞鬼火般的燈。我全身要起雞皮疙瘩，這很不好玩啊！我不知道敵人藏在哪個角落裡？他們的槍一定在等待著我！他們會不會先姦我先後再殺我呢？啊！天啊！太可怕了！而我，卻又不敢回頭，似乎感覺有敵人正尾隨在我的身後……我於是加快腳步向前奔跑！

啊！我的眼前出現一間密室，我一陣驚喜，一閃身，跳了進去。

啊！我的眼前出現四位絕世美男，他們用驚喜的美麗的明亮的又帶著絲絲傷感和憂鬱的眼神親切地看著我看著我！

「寶貝！我來了！我來救你們出去！」

我說著就親了親美男A的臉，接著親了親美男B的臉；接著親了親美男C的臉；再接著親了親美男D的臉……啊！我太激動了！啊！我激動得快要哭了！我從來就沒有見過這麼多美男，如果總統能送給我一個該多好啊！

我開始嫉妒總統這個該死的老頭子！

「帥哥們，快準備好和我一起走吧！」我丟掉了手中的長槍和短槍，伸開雙臂去擁抱他們。

「警察哥哥，帶我們去哪兒？」

「我送你們回到總統身邊。」

「不！我們不想回到那個糟老頭子身邊！」

「為什麼？」

「警察哥哥啊！你有所不知——自從我們被土匪哥哥綁架到這兒以後，肛門每天被他們的大雞雞幹得都快爽死了！我們再也不去想那個雞雞短小的老頭了！雖然他是總統，有權有錢又有地位，但是他給不了我們真正想要的東西啊！我們已經愛上了土匪哥哥們……」

「啊！天啊！我該怎麼活?!」

我幾乎要傷心得哭起來。

「帥哥，帥哥！帥哥？帥哥啊！求求你們跟我走吧！你們留在這裡是沒有好結果的啊！土匪是鬥不過警察的……如果我們這次失敗，總統會派全國上下一萬名警察拿著短槍與土匪們決鬥，再派一萬名警察拿著長槍與土匪們決鬥，還會再派一萬名警察拿著手榴彈與土匪們決鬥……他們是鬥不過我們警察的！只要總統一聲命令，整個東單公園就會被炸平！」

「天啊！我們該怎麼辦？我們已經愛上土匪哥哥了啊！」

此刻，我又悲傷又憤怒，淚水嘩嘩嘩地流個不停。

這時，我的耳邊響起了一聲狙擊槍的響聲，我的屁股中了一槍，鮮血嘩嘩嘩地流了一地，我體內的一百斤血一下子只剩下了九斤！

「啊！他媽的，看我怎麼打死你！」

我一個就地十八滾，從地上撿起一把短槍飛快地跳了起來。這時，土匪的狙擊槍又響了一聲，不過慢了一秒，我已經閃開了，並把槍口瞄準了他的胸口。

「叭叭叭……」

「不要啊！求求你警察哥哥不要打死我的土匪哥哥！」

可是，我的手此刻沒有再軟，我已經是快要死的人了，因為我體內的血只剩下了九斤；只要再有一顆子彈輕輕打在我的屁股上或腳上，我就會完蛋！而此刻，我不想死，我要和四位美男做完愛再死！我於是又打出一槍，土匪哼了一聲，飛快地倒在地上死了。

「我恨你！我恨你！我恨你……你這個無情無義的混蛋警察！」

我聽著四位美男如子彈般的罵聲，心碎了！

「帥哥啊！我也是真的愛著你們，你們既然不願意跟我走，哪就讓我死在你們的面前吧！」

我於是把最後的一顆子彈留給了自己，流乾最後的九斤血，死在了四位帥哥的腳下。

第五回

遊戲又開始了，我按O加2買防彈衣，按B加4和6買了狙擊槍。

這次，是午夜時分，正是我們警察偷襲的好機會。

「前面發現了敵人！」大鬍子的提示音，接著，只聽「砰砰」！大鬍子就幹掉了一個土匪。

接著，槍聲響成一片。

一個又一個性感的黑影在夜色裡上下跳動著。

大鬍子倒下了，敵人也接著倒下了一個；眼鏡倒下了，敵人再接著倒下了一個……哈哈哈……我按TAB鍵，知道敵人就剩下最後一個人了，而我還活著，我的戰友小流氓還活著。

小流氓和我分成兩路，我倆各自行動。我向著有燈光的山洞挺進挺進，不怕死地挺進……

「砰！」從遠處的WC裡傳來一聲槍響，我回頭，鬼影子都沒有一個！我惦記著山洞裡的四位美男，這次，我一定要和他們曖昧一次！

我加快腳步向前奔跑，鑽進一片松樹叢，就來到了山洞口。此刻，橘黃色的燈光照得整個山洞很溫馨，幾乎感受不到一絲恐懼的存在。

當我來到山洞的密室時，看到小流氓正在給美男A口淫，他的另一隻手還緊緊抓住美男B的雞雞不放，而他的長槍和短槍扔到了一邊。

「喂！他媽的小流氓！還有一個土匪沒有幹掉！」

「拜託你了，我的騷騷騷『姊姊』！你去把那個土匪引開，讓我多口淫一會兒！」

「不行，我也受不了啊！」我於是也扔掉了長槍和短槍，一下子把美男C和美男D擁抱在了懷裡。我親啊親啊親美男C的耳朵，我親啊親啊親美男D的鼻子……我接著親啊親啊親美男C的脖子，我再接著親啊親啊親啊美男D的乳頭……

而就在這時，槍響了，槍連串響了……小流氓倒在地上死了，他的嘴角還掛著牛奶樣的汁液。
這個英俊高大的土匪冷笑著，把槍瞄準了我。
「帥哥，你開槍吧！我不怕死！我怕孤獨！我怕寂寞！」
我說著，又去親吻美男C的雞雞再去親吻美男D的蛋蛋。
這個英俊高大的土匪放下了槍，他像一頭猛虎似地撲了上來，他瘋狂地扒掉了我的防彈背心，他瘋狂地撕破了我的警服外套，他更加瘋狂地剝下了我今天早上剛換過的T形內褲（丁字褲）……
「土匪哥哥，你的東西長得好大啊！慢一點啊！我還是第一次被插呢！我怕疼……」
我眼前的屏幕突然一片漆黑，電腦一下子死機了。

二〇〇八年一月二十八日，北京楊閘

按摩師小李

按摩師小李是在家鄉
黑龍江一家浴池工作時
被一位旅遊的同性戀者
帶到鄭州　又很快和他分手
小李在鄭州一家浴池按摩
有小姐在裡面賣淫
後被警察查封
小李失業
在紫荊山公園閒逛
和我熟悉
他說做男人太累了
他想做變性手術
嫁給誰感情決定
不像虛榮膚淺的女人選擇男人

按摩師小李我還是拒絕了他
在他沒變成女人之前
不願帶他進我狗窩樣的房間
他的民歌唱得真不錯
和我一樣是無政府主義的幻想者

按摩師小李在每個午夜憔悴
最後被一位老同性戀帶走
賣服裝的老張告訴我：
小李人啊——多麼多麼不錯
他是——多麼多麼喜歡……
小李那根大大的東西
可他只和小李做了一次性的夫妻
和他並不愛的老婆欺瞞一輩子

不幸的歌手我的兄弟
按摩師小李又去打工了
我祝福他把陽痿的男人

按摩成鐵打的漢子
讓他也多掙些錢……

這首詩最早發表在二〇〇〇年度民刊《審視》的創刊號上。那時，我已經和按摩師小李認識有一年多了，他正失業中，不分晝夜地飄蕩在紫荊山公園裡。

最初的印象中：小李的人品很不錯，中等的個頭，有些偏瘦，皮膚不是很白，額頭的先天皺紋和我一樣多，他到底比我大幾歲？我至今還是說不清，他也一直不希望別人知道他的實際年齡。

那是一九九九年的夏天，我剛出道不久，還不知道怎麼和同志們相處。我從第一次見到小李後就喜歡聽他講話，——他次次讚美我，給自卑的我添加許多生活的勇氣。

後來，我才知道，小李不是只在我面前說好聽的，他幾乎見到每一個和他閒聊的人都會甜言蜜語，或順著別人的癢癢去撓。好聽話聽膩的同志就會拿小李開涮，但你無論對他開什麼玩笑，他都不會生氣，他的臉一直是笑著……

在孤寂的黑夜裡，我聽到小李一個人在樹叢的陰影深處哀怨地歌唱，他的歌聲讓人心碎腸斷。

和小李熟悉後，我們時常坐在石頭上，聊些文藝方面的話題。

「小李，這個圈子裡的同志幾乎都有外號，我以後不想再叫你小李了；叫你『玫瑰』你會不會生氣？」我半開玩笑地說。

「叫我玫瑰太抬舉我了啊！我怎麼會生氣?!你叫我『狗尾巴花』我也不會生氣！」小李很認真地說，他內心深處比我還自卑。

其實我一直很反感在別人的姓氏前加上一個小或老地稱呼別人。

後來，我和小李再見面後就叫他「玫瑰」。又過了沒多久，我看見他穿著一件紫色的T恤，就叫他「紫玫瑰」。和他聊的熟悉的幾位同志朋友也開始跟著叫——紫玫瑰！

那是一片灰綠色的樹林，沒有一朵玫瑰花，人影在飄，我似乎看見有一隻紫色的蝴蝶在翩翩起舞。

「紫玫瑰，你的歌唱得真好！你應該再去音樂學院進修一下或自己創辦一個樂隊，」我說，我已經記不清自己在他耳邊重複了多少遍。

「我也想啊！可我自己沒有錢，想做什麼事都做不了！」小李嘆了一聲，說：「你想聽什麼歌，我給你唱。」

還沒等我再開口，他那如幽靈哭如怨鬼泣的歌聲已經滲透我的每一根神經。

「小李，什麼時候來的？吃飯了嗎？」一個老頭低斜著肩膀問。

小李短時間內忽視了我，我沒有和他打招呼，一個人走開了。

其實，小李無論和別人怎麼親熱，或當著我的面和別人一起走，我都不會吃醋，我也從沒有幻想過和他上床。小李不是我理想中的情人，也不是我性發洩的對象。我很想多關心一下他，因為他的歌聲總讓我心痛！而我自身的條件卻幫不了他什麼。

「小蘇，怎麼不和我打個招呼就走了？」從我的背後傳來小李溫柔的韻味。

「我以為剛才那個老頭要請你吃飯呢！你喜歡他嗎？他有沒有說要帶你走？」

「我，我會喜歡老頭嗎？」小李停頓片刻說：「我今晚沒有地方住啊！你又不帶我走，我只好跟他湊合一晚上了！」

我沒有話再說了，我不是不信任他，而是不想拿他發洩，更不想讓他闖入我狹小的生活空間。我最後目送著他孤單瘦弱的背影靠近另一個衰老的背影，慢慢地在夜色中消失。

下雨的夜，我沒有去公園，我不知道小李是否找到了棲身的地方。我只把他當作普通朋友對待，沒有真正地去關愛他一下。

「紫玫瑰，你愛過一個人嗎？」我坐在石頭上，問身邊的他，我們正被一片月光照耀著。

「愛過，」他在沉靜中回憶，說：「那已經是十年前的事了……」

我後來瞭解到，他曾經愛過鄰居家的一位男子，那個男子比他大幾歲，他們一起度過兩年快樂的時光。那個男子後來結婚了，他的夢碎了，為了忘掉一切，就離家出走，先是在黑龍江省的牡丹江邊的一家浴池做按摩，而後向南漂流，一直漂到了紫荊山公園。

「他長得帥嗎？」我問。

「帥！」小李有點興奮地從回憶中喊出來。

「你們是怎麼做愛的？」我很想窺視一下他的隱私，就著急地追問。

「不告訴你！呵呵……」小李搖了搖頭，隨後，他怕我被拒絕後不高興，就對我講：「鄰居家還有一隻公狗，被鐵繩一直鎖著，挺可憐的啊！牠自己又不能手淫！我就時常幫助牠手淫……那隻狗可乖了啊！牠舒服地哼哼直叫……」

我笑了，我同時也相信這是真的。

又是一個下雨的夜晚，我感覺很煩悶，就撐著一把黑油布傘，穿過幾條街巷，走進了公園。我再次看到孤單的一個身影，正蜷縮在一棵大樹下。

「紫玫瑰，跟我走吧！今晚到我那兒睡。」我伸出了手。

小李感激地看了我一眼，隨後習慣性地躲到我的傘下。

他的手冰涼，他的嘴唇發紫，鞋子幾乎濕透了。

我倆緊緊地靠在一起，像是兄弟。

雨水不停地落。小李邊走邊唱，歌聲似乎沒有以前傷感了。

小李走進了我狹小的房間：「哇！你有這麼多書啊！」

我那時租的房間很小，只能放下一張床和一張書桌。我拿出能吃的東西給小李吃，除了方便麵，再沒有什麼可以吃的了。

我們一起聊文學，我知道了小李最喜歡《紅樓夢》中的詩詞。他當時幾乎能全部背誦下來，不，不是背誦，應該是唱。

我拿出幾本書要送給他，他只挑了一本日本作家＊＊著的《好色一代男》。

我們一起脫衣服睡覺，我平時喜歡裸睡，這次卻留下了內褲。小李脫得淨光，他的屁股正對著我。我很快合上眼睡著了，不知睡了多久，我被小李來回的翻身動作鬧醒了。他小心翼翼地把手放在了我的敏感部位，我很快拿開了。

「你不喜歡我？你為什麼不喜歡？你……」小李有些委屈，自尊心有點受傷地喃喃著。

我呵呵一笑，親熱地擁抱住他的肩膀：「我不想這個時候趁人之危去發洩，我也可能不適合你的性需要，讓我們做朋友吧！」

「你是1還是0？我1和0都行的啊！」小李笑著問。

「不告訴你！」我拍了拍小李的肩頭，用安慰的口氣說：「你一定累了吧！最近一段時間，每一位帶你走的同志都拿你發洩！他們說喜歡你，卻又不願意給你一個家。我只喜歡聽你唱的歌……好好睡一覺，也許明天雨過天晴，你會遇見一個真正愛你的人。」

小李很快睡著了，像一個孩子。

第二天，我不過是請他到地攤上吃了一頓早點，卻讓他感激了許久。後來，他真的來了財運，一個富婆和一個官方人物同時看上了他，要包養他，只因他長了一根與眾不同的大陽具。

小李得到好處後，加倍般地要回報我，他不但請我去吃飯，還把一台小收錄機送給了我，後來他還不停地送我東西。有一次，他送給我一副太陽鏡，我戴上後感覺很漂亮，我還沒有高興兩天，小李突然後悔了，把太陽鏡又要回了。我跑遍了整個城市，都沒能買到相同的太陽鏡，就張口再次向小李討要，他說那是他的情人從國外買回來的，他已經又送給別人了。他後來又要送我東西，我就搖頭擺手拒絕。

小李人很快變了，先是衣服穿的漂亮了，人胖了起來，皮膚也增白了許多。他不再去討好別人，也不再去理那些曾和他有過「一夜情」的老頭們。

他的歌也很少再唱了。

午夜的公園裡，再也看不到那個在苦苦期盼著溫暖的孤魂野鬼般的影子。

我和小李一起坐在石頭上，聽他講到超市採購物品的事。很快，他有了中文顯示傳呼機，還沒有過兩天，他又有了一部款式新潮的手機。

那是一個落葉紛飛的秋夜，小李餓著肚子，徘徊在公園邊的橋頭。一個中年男子駕著私家車，第一次停在了橋頭，他抽著煙，關注著……小李上了他的車，使出了所有的按摩技能和性交特長，讓這個「非同志」一夜間永遠背叛了所有的女人。也就是這個在官場裡混的中年同志，改變了小李的命運。小李有了一個家，還有了一個滿意的工作，——一家很正規的醫院聘請他做保健按摩師。（小李曾在他的這位官哥哥的資助下，參加了培訓和考證。）

小李也就是在工作的過程中，被一個富婆發現——他那與眾不同的大陽具。富婆從按摩椅上下來，偷偷地給了小李五千元小費。小李一下子懵了，他很快接受了這位比他大十幾歲的女人的誘姦。

小李過上了花天酒地而又與眾不同的另類生活。他每個星期的一、三、五陪富婆姊姊；二、四、六和周日陪那位官哥哥。小李的業餘時間裡計劃怎麼花掉手中的錢，這些曖昧的錢讓小李忘掉了過去的那個小李。

「小李，你的手機怎麼打不通了？」我在公園裡問，我已經有一個多月沒有看見他。

「摔了！」小李一臉疲倦地說：「那個臭女人沒完沒了地給我打電話！煩死我了啊！幾次害得我和我的哥哥做不了愛！」

「你不喜歡那個女人，為什麼不早點離開她，和你現在的『老公』好好過啊？」

「他只會給我買東西，很少給我錢！要是有一天，他玩夠了我，把我一腳踢開，我什麼都沒有了啊！這個臭女人雖然很騷，但是很大方，每次做愛前先給我兩千塊……她如果不給，我就不硬！」

我哈哈一陣大笑。小李也陪著笑了一會兒，說：「我要積蓄些錢防老啊！」

「你現在有了機會，應該去唱歌，創辦樂隊或去出唱片……」我的聲音微弱下來，小李已經徹底變了。

二〇〇二年的夏天，小李找我，我們在一家小餐廳碰面。他說他要去做整容手術，切掉額頭的皺紋。

「不要去活受罪了啊！你真有錢還不如資助我出詩集。」我有點自私的想法，笑著說了出來。

「我身邊沒有一個朋友，做手術的時候我有點害怕，小蘇請你陪我幾天好嗎？我手術完後會好好報答你的啊！」小李說。

他的目光恍恍惚惚，不知他的腦子裡此時想些什麼。

我很好奇，還沒有看過整容手術是怎麼做的，就高興地答應陪他去醫院。

這是省城的一家大醫院。

做手術的時候，我沒能去親眼目睹：小李被剔光了頭髮的腦袋從左耳切到了右耳，頭皮割掉兩釐米，頭皮下墊了一層矽膠，兩邊的頭皮距離遠了，就使勁拉到一起用針一針接一針地縫上……如果我在手術現場，一定會嚇暈過去。

麻藥一點點退去，小李被包紮得只剩下兩隻眼睛的頭開始疼痛起來。

第二天，我再去看小李，小李的眼睛變成了熊貓眼，我落井下石般地笑個不停。

和小李住同一個病室的還有一位未婚的青年男子，只因他的陽具勃起的長度只有十二釐米，就來這家醫院做手術。我看到他的小腹下開了一個米字形的刀口，陽具是強行從傷口中往外拽出了幾釐米。主治醫生曾承諾：一定能達到十五釐米！

在護理小李的幾天裡，我的目光一直盯著那個青年男子變形的陽具，我看著一根橡膠管子深深地插進他的膀胱，尿液一滴一滴地順著管子排進吊袋裡。我似乎比病床上的青年男子還著急地期盼……

「小李，我親愛的紫玫瑰！我想去北京發展。」我坐在小李的病床邊，明天就是他拆線的日子，他腫脹的臉已經消退，針腳留下的疤痕被新長出的頭髮掩埋。

小李在醫院做整容手術前後，他的一男一女兩個情人沒有誰來看過他。

我沒等小李出院，就匆匆地坐上了北上的火車。

二〇〇三年的春天，我再次見到了小李，他的臉變成了娃娃臉形，看上去真的年輕了，而他額頭墊矽膠的皮膚顏色和別處的皮膚顏色明顯地不一樣。

他說：我後悔了。

那次做手術，他花了近一萬元。而手術過後，他同時失去了一男一女兩個情人。這個時候的小李已經不願再從操舊業，他享受過幾年上層人的物資消費生活後，已經很難再去接受底層人的日子。

很快，小李變了，精神頹廢了。如果說他還有理想，用他自己的話說就是想成為一名男妓！

「有權不用，過期作廢！」

「有青春不用，過期作廢！」

在黑夜深處，有靈魂迷失了方向。

二〇〇四年的某一天，我路過鄭州時，沒忘記再去紫荊山公園去看看那些不知道姓名的老朋友。我沒有再見到小李（紫玫瑰）！所有人都說好久沒有看到他了……一個同志說，他得了病，下身已經潰爛；還有一個同志說，小李離開了這個城市，去另一個城市打工去了，幹的還是他的老本行。

我期望中的小李是健康的，快樂的，也許他又找到了一位真愛他的男子，兩個人生活在紫色玫瑰花盛開的地方。

二〇〇五年十月十三日，北京楊閘

北京老逼

你是一個白頭發的老流氓啊！

剛退休的那幾年，不想出門，就在家裡養金魚，不到三天，十條魚兒全死了，死因不明白。你向出售金魚的老頭請教時，心思卻又不在他的身上，耳朵聽著他的養魚技術，眼睛不時地偷窺過路的漂亮小夥子。

啊！看著年輕漂亮的小夥子，心情才會像魚兒一樣遊動！

房間很大，你一個人住。

想一想，那一個出售金魚的老頭只能住在低矮的小平房裡！——學會養金魚技術又有何用？

「你的魚兒是怎麼回事啊？無論我買多少條，養不到三天就全死光了！」你站在露天的攤位前嚷嚷。

「呵呵呵……我告訴過你好多次了，怎麼換水、怎麼餵食，你總是不聽……」賣金魚的老頭笑著說。他的皮膚很黑很粗造很多皺，頭髮稀少斑白。

唉！你嘆息一聲，懶得和賣金魚的老頭去理論！

金魚死了，你一條條扔進垃圾袋。

剩下的還有什麼？

空空的玻璃小魚缸和空空的玻璃大魚缸，還有更大更空的房子。

一個人長久地坐著，不再關心電視裡的新聞，不想再讀書讀報……也沒有了食欲！打開冰箱，裡面全是你一個人的食物。抬起頭，能看到冰箱上面的幾包金魚兒的食物。

一個人長久地坐著，死氣沉沉，一片空寂。你感覺腰不舒服，腿在痠痛。

「那一個賣金魚兒的糟老頭死了沒有？」你這麼想，但是一點都不關心他。你在乎的是，為什麼總有一個或幾個年輕漂亮的小夥子路過小攤時，黑亮的眼睛一閃，轉身就走遠了，他們有時會用水蜜桃一樣的聲音問一下魚兒的價錢。

這時，買魚兒的會是你！因為你的心情此刻就像魚兒一樣在游動。

你的腳步在走動。

不知不覺中，讓灰暗的心情帶動你來到小街道。看到那一個賣金魚的老頭還活著。你走過去，問：「你的魚兒是怎麼回事啊？無論我怎麼養牠們，牠們都會死掉！」

你不等賣金魚的老頭重複以前說過的話，眼睛突然一亮，看到一個比魚兒還鮮活的小夥子。這次，你沒有馬上去買金魚兒，偷偷地跟隨在小夥子的身後。

小夥子走得很慢，他邊走邊打手機，聲音比果汁還甜。

此刻，你感覺自己也是一條魚兒，游動在一條被汙染後的河流裡。一輛接一輛的汽車，就像水面上漂浮的垃圾。靠近人工種植的花樹，就如同魚兒靠近親切的水草。

美麗的小夥子啊！他要帶著甜甜的甜甜的聲音去哪兒約會啊！

你一不留神，差一點被一輛垃圾車撞倒……媽媽的！

美麗的小夥子像魚兒快樂地游進了X公園。花和樹的陰影處，有一條長凳。小夥子一個人坐著，你走過去，想和他一起坐。說什麼好呢?!

你伸出拳頭捶打自己的腿，手不停地打，眼睛色瞇瞇地看著小夥子，說：「官不大，前列腺大！位不高，血壓高！」

「呵呵呵呵……」

美麗的小夥子回報你水蜜桃一樣的笑聲！你還想要啊！想吃他的「香蕉味」！手不由得自己動起來，在他多汁的穿著牛仔褲的大腿上摸了一大把。

「小夥子是從事什麼工作的？」

「在一家超市理貨。」

「哦！累不累？」

「不算累，就是掙的工資太少！一個月只有一千多塊錢！」

「你年輕啊，工資少一點是應該的！等你到了我的這個年齡——工資一定夠花……我曾經是一位領導幹部的祕書，不過，已經退休好多年了！」

「哪一位領導？——他是誰？他是同志嗎？」

「不告訴你了！只能告訴你的是，我的官不大，前列腺大！位不高，血壓高！……」

你還想再說什麼？此刻小夥子已經沒有耐心再聽，他跳起來跑遠了。

唉！這個不懂事的孩子——不打一聲招呼就走。

唉……

你朝樹叢多的地方走去。

目光穿過層層的花影樹影，窺到搖搖曳曳的人影和花草的影兒和諧在了一起。啊！怎麼可以這樣啊？大白天的，一個又黑又瘦的小老頭和一個白白嫩嫩的小夥子在搞同性戀啊！你瞧，你瞧，你瞧……

你瞧他們，瞧得自己渾身上下每一個關節都癢痛起來了！

「這個該死的小老頭是幹什麼的啊？瞧他又黑又瘦又髒的樣子，一定是一個清潔工或是收舊書報刊的小商販！他怎麼可以和一個白白嫩嫩的小夥子搞同性戀呢?!——氣死活人了！」你這麼想，嫉妒得心要瘋狂起來，你真想衝過去，把小夥子的「香蕉兒」從小老頭的嘴巴裡拽出來。

你激動起來，一隻手開始搖動一片樹叢。

小老頭好像是從美夢中被吵醒了，他白了一眼你，他並不慌張，似乎早有心理準備，他還想繼續……這時，白白嫩嫩的小夥子嚇壞了，他驚慌中提上自己的褲子，逃一般地鑽出樹叢跑遠了。

你用一臉的壞笑再看了一眼小老頭。

他的黑黑皺皺的嘴巴顫動了一下，伸出舌頭舔了一下唇角的口水，不說一句話走出小樹叢，又開始在附近徘徊覓食。

唉——一個沒有眼光的傻小子！把自己的青春肉體貢獻給一個糟糕的小老頭！

唉……

你去尋找那一個白白嫩嫩的小夥子，想開導開導他的思想……不見他的影兒了！你走累了，想找一個可以倚靠的椅子休息。

身子一陣陣痠痛，回家去吧！

回到家又能做什麼？

看著一條條活蹦亂跳的金魚死去嗎？

你看到公園附近停了一輛獻血光榮車。

你邊走邊想：「年輕人應該好好學習，多去獻血……最近幾年出的老年人營養品和補品質量（品質）太差了！也不知是那個缺德的醫藥機構，用雜七雜八的動物的血製造的……如果是用如花似玉的小夥子和姑娘的血提煉的藥品一定是好補品！」

這時，眼前一亮，一個蘋果味的小夥子走了過來。很遺憾，他沒有關注你！很快地，一個草莓味的小夥子走了過來，接著又走來菠蘿（鳳梨）味和檸檬味的小夥子……他們的臉上閃耀著春色的光暈！

此刻，你的心裡有一百條或是一千條魚兒在游動。

「我還能再活幾天啊？一定要在死之前多吃幾口……」你回想自己浪費的那些時光裡，每天只能去喝政治的醋！你是一個高級知識分子，曾經擁有過話語權，但是你沒有給自己機會戀愛也不想給別人機會戀愛。

多年以前，曾經有人提議同性可以合法結婚時，你站出來極力反對這些少數人。

是的，你在別人的眼睛裡是一個「正常人」，雖然活得並不快樂！你把自己年輕的肛門和嘴唇獻給了自己的領導，同時再擁有一個形式婚姻！瘋狂工作——絕對機器——絕對權力！

「官不大，前列腺大！位不高，血壓高！」你在下屬和平民面前一直這樣自嘲。而你是一個同性戀者，你永遠都不會公開承認。

「我怎麼會是一個同性戀者？——我是一個高級知識分子啊！無論如何我都不會像小老頭們那樣在公園裡偷偷地亂搞……」

你回想自己以前搞同性性交時，都是在有燈光沒有陽光月光星光的私人包房裡。這個社會，同性之間會有真情嗎？不！你不相信！你如果相信就會放棄形式婚姻，放棄壓制人性的權力……你會不顧黑壓壓的隊伍，去投上真誠的一票，站到可憐可悲的弱勢人群中……

你曾經是一個聽話的殷勤的好青年啊！有上進心，懂得好好把握時機。時光倒流中……關掉檯燈，一個老領導解開他的褲子，撅著屁股說：「我後邊癢得狠啊！你給我舔舔吧！」

……

但是，你現在老了，不中用了。

你真的不好看了，臉上沒有一點光彩，皮毛肉和骨頭沒有一處健康；也沒有一個年輕人真正尊敬過你愛戴過你或牽念過你。你不曾為他們這一代人做過任何一件有價值的事！

像花兒盛開的小夥子們，他們沉迷色情和金錢中，不懂藝術，沒有思想，沒有素質，沒有同情和憐憫……

可是，他們又不完全接受體制帶給他們的沒有愛情的形式婚姻，一個個到公園來偷吃果汁！

所以，水蜜桃一樣的小夥子有可能是假的！蘋果味的水夥子是假的，草莓味的小夥子是假的……所有的果汁小夥子都是假的，他們說謊話，也不相信別人說的話！

而你喜歡他們。

可是你已經很老很老了！老得被這個世界遺忘掉了。

你的腳又帶著你繞回到了公園裡。

看到三五成群的鮮花鮮果般的小夥子真讓人開心啊！

一片丁香花叢中，你拍了拍一個香蕉小夥的肩膀，想和他聊聊再靠近靠近再親近親近……可是，這個香蕉小夥用輕視的目光掃了一眼，快速撥開了你的手。

怎麼會是這樣？你納悶了！……曾經有一位老領導拍了拍你的肩膀，你受寵若驚……光榮地填寫入黨申請，全部的熱血和激情投入到革命中。

唉！又是一個迷失了方向的小夥子！

一個牛奶味的小夥子邊走邊放手機裡的MP3，緊身的衣褲，扭動著肥圓的屁股，引誘著周圍的眼球和耳朵，而他，又似乎對每一個人都不屑一顧。

唉！一個不懂藝術的小混混！你搖了搖頭說。

一個中年同志聽到你的聲音停下了腳步。

你認真地看了看這個中年人，感覺他的身體很虛弱，好的東西都快流失光了！

你看著中年人的肉體，猜想著還能不能再擠出一點果汁？你說：「現在的年輕人啊！沒有政治思想也不懂真正的藝術……想當年，梅蘭芳的蘭花指一翹，桃唇一開……吸引了整個時代的領導人！這才是真正的藝術！呵呵呵呵……你知道『餘桃斷袖』的故事吧！呵呵！歷史上的君主黃帝有百分之九十五的都有同性戀的經歷，剩下的那三五個一定是有生理缺陷的！」

中年人裂開大嘴巴傻笑。

一個比黃瓜還鮮嫩的小夥子走了過來，後邊緊緊跟著西紅柿一樣的小夥子。他們一前一後鑽進了一片樹叢。

中年人此時不想再聽你嘮叨什麼，他流著口水也鑽進了那一片樹叢。

「我不喜歡老頭！」一個小夥子說。

「我也不喜歡老頭！」另一個小夥子說。

……

你不高興了！特別地不高興。

遇不上一個懂事的好小夥，每次來都這個結果！

「他們怎麼可以這麼不懂事？這麼隨便地在公園裡相互分享果汁！……」你感覺自己的前列腺更大了血壓更高了！你的心在咒罵：「不懂事的年輕人啊！你們一點都不尊敬老年人啊！你們應該有點思想有點覺悟，把自己的青春肉體貢獻給黨，貢獻給國家，貢獻給老領導老前輩！等你們老了之後才能去享受年輕人的果汁！……」

這時，一個背包的小夥子微笑著向你走來。他突然從包裡掏出一本宣傳手冊和兩個安全套，遞到你的手裡時說：

「送給您！祝您身體健康！」

「喂！小夥子——你人真不錯啊！你是那個單位的？……」

「我們是……」

「你們的單位不是政府批准的吧？不是政府批准的單位宣傳什麼健康?!不過——小夥子啊！你人長得真不錯啊！比電影中的成龍小夥帥多了——你喜歡老年同志嗎？」

小夥子甜甜地笑了笑說：「我尊敬每一個老年同志！……我的工作是宣傳同性性愛健康知識！我希望每一個人都能正確地看待同性戀……讓同性戀者得到合法的婚姻！」

「如果同性可以合法結婚，你會找一個多大年齡什麼樣的伴侶？」

「我會找一個愛我理解我的同齡人結婚！」

小夥子又笑了笑，他禮貌地向你揮了揮手，背著包，去別處宣傳了。

你很失望。

「政府怎麼可以讓同性合法結婚?!你們年輕人都配得一對一對的有果汁吃，你們有好日子過了，不用戴面具活了，不用戴形式婚姻的圈套了！而我們這些老黨員老革命老幹部怎麼辦？怎麼辦？……」

你氣壞了，從口袋裡摸出手機，撥通了一個市長幹部的號碼，這個曾經受過你的提拔的市長幹部沒有接電話。

「怎麼回事？不接我的電話……和誰在胡搞呢？」

你不停地撥打和政治權力相關的電話。

你要讓政府領導班子出面，狠狠打擊同性戀者，禁止他們在公園裡亂搞瞎搞胡搞歪搞……應該把這些花朵般水果般的小夥子抓起來，給他們辦學習班，強行灌輸正確的政治思想……就是不能讓他們這一代年輕人迷失方向。

全身的關節又痠痛起來了。

「老了，不中用了……」你說。

你想離開公園，去街道買幾條金魚兒養，還是擔心魚兒再死！或許應該向賣魚兒的老頭好好學一學技術……而你此刻不想再聽任何一個老頭子說話，你認為任何一個老頭子說的全是沒有用的廢話！

而你是一個喜歡年輕漂亮小夥子的老頭子！

太晚了嗎？

你離開了公園。

又一天，你去買金魚，賣金魚的老頭沒有死，你用高級茶葉水養的金魚不到一天全死光了。

又一天，你去了公園，又看到了那一個又黑又瘦又髒的小老頭，他一個下午吃到了三個漂亮小夥子的果汁！你什麼都沒有吃到，嫉妒死你了！你裝滿了一肚子的怨氣。

又一天，你去買金魚，賣金魚的老頭還沒有死！你用桃汁加葡萄汁加蘋果汁養的金魚不到一天全死光了。

又一天，在魚缸裡加一瓶國產白酒……

又一天，在魚缸前背一段毛主席語錄……

唉！

唉唉唉……

你又去了公園，卻又看到了那一個小老頭，本不想理他，卻偏偏同時鑽進了一片樹叢。

「我以為你這個小老頭已經死了啊！還是看到你又來了！」

「我天天來啊！這個公園裡的小夥全是我的菜，我每次來都能吃到一道兩道菜——有這麼多的好菜吃我才不死呢！……」

「你都這把年紀了還臉皮這麼地厚！」

「沒有聽人家時常說——老不要臉！老不要臉嗎？你如果要臉就別到這種場所裡來……我可知道你的底細！但我不怕你知道我是誰……」

「你——是？……」

「我是誰？哈哈哈哈……三十年前曾在你的單位掃過地……也插過你的後邊！」

「不可能，你認錯人了！你是神——神經病！」你又羞又惱又氣又怕，驚慌中鑽出樹叢，逃一般地離開了公園。

以後，你不想再去公園了。

——怎麼會是這樣啊？該死的人都沒有死，不該死的魚兒全死掉了。

你不想再回憶陳年往事，不想再回憶三十年前的一個大陰莖的清潔工，他走過你的後門，當他又去走別人的後門時，被你陷害成小偷送進了監獄！啊！和「餘桃斷袖」故事比沒有一點價值。

你決心向賣金魚兒的老頭好好學習養魚技術。你很快學會了，但不想完全去那麼做。

兩條魚兒又買回來了，一隻養在大玻璃缸裡，一隻養在小玻璃缸裡，兩口玻璃缸緊緊靠在一起。你每天看著牠們，自言自語地說：「你是一隻雄金魚！他也是一隻雄金魚！這個時代裡——我不相信兩隻雄金魚會產生愛情！我只相信你們和我會慢慢地死去！」

二〇一〇年五月二十日，北京楊閘

不能喊出的疼痛

一條塵土飛揚的黃土公路，像蛇彎曲著身子從黑幽幽的山溝裡爬出來，路面凹凸不平，盡是坡坡坎坎，拉煤的汽車一路顛簸，沿途灑下一塊塊煤。三五成群的婦女和孩子，她們背著自編的簍筐來自不同的村子，她們拖著又黑又矮的不知疲憊的身子，一路撿拾著。

走在最後邊的是一個最矮小的女孩，她紮著兩條羊角辮，當她蹲下身子撿拾零碎的煤塊時比地上的背簍還要矮，她光著黑乎乎的粗壯的腳丫，伸出髒兮兮的帶傷疤的小手不停地撿拾著。她抬頭望著跑在前頭的婦女和男孩子們，她想加快腳步追上她們，她想撿拾大塊的煤塊，可她的個頭太小了，她自己都不知道自己今年有多大。她次次努力後還是被甩在後頭。又一輛裝滿煤的汽車顛簸著跑了過去，幾塊鮮亮的大人拳頭一樣大的煤塊滾落了下來。小女孩高興地喊叫了一聲，因為她是一個聾啞人，她聽不到自己所表達的聲音。

小女孩背著滿滿一簍子煤，不知走了多少里路，就在她筋疲力盡的時候，她看到了遠處的小鎮，一排排高大的灰色的平房裡是一個個商鋪。她用衣袖擦了擦額頭上的汗水，加快腳步找自己的客戶，她怕自己的煤賣不掉。如果天黑之前賣不掉，她只好背回家，而她的家裡不燒煤，她的家人感覺燒煤很奢侈，她的家裡一直燒柴禾。

她的鼻子聞到了燒餅的香氣，她走了過去，她停下了腳步，她不知該不該放下背上的簍子，她的眼睛緊緊地盯著打燒餅的老闆的一張麻子臉，她期待著這張臉……麻子老闆敏捷地看了小女孩一眼，一邊嘴裡說著什麼一邊向她打手勢。她很快明白麻子老闆要買她的煤，她就快速地放下背上的簍子。麻子老闆微笑著伸出兩隻油亮的大手，他從地上抱起小女孩的簍子，把裡面的煤隨手倒在了煤爐旁邊的地上，然後拉開油乎乎的抽屜，從一堆皺巴巴的紙幣中拿出一張遞給了小女孩。小女孩飛快地接過這一張紙幣，向麻子老闆笑了笑表示感謝，她把紙幣折疊好後小心翼翼地放進自己的口袋。她看了看桌面上那冒著熱氣的香香的燒餅，嚥了嚥嘴角的口水，背起自己的簍子迎著落日的餘暉回家去。

小女孩回到村口時，感覺肚子已經餓壞了，她還在回想麻子老闆的圓圓的金黃色的沾滿白芝麻的燒餅，她一直很想吃一個，但沒有人給她買，她自己也從沒有花過錢買過東西。她認識自己口袋裡的那一張帶著神奇圖案的紙幣，但她不知道每一張紙幣的面值，她只知道每一張不同圖案的紙幣都可以買東西。

小女孩回到了自己的家，她放下自己的簍子，面對一個滿臉陰鬱皺紋滿臉粗黑鬍子的父親，她從口袋裡掏出當天的一張沾滿汗水的紙幣，這一張紙幣很快落入一隻生滿老繭的手掌裡。

母親走了過來，用手語告訴她吃飯！

天已經黑了下來，父親開始點亮一盞油燈。

她沒忘記去水盆裡洗一洗又髒又黑的小手，在洗手時，她感覺到手指上的裂口在疼痛地喊叫。她很快忘記了疼痛，和自己的兩個上學的姊姊坐在一塊爭搶著吃菜，她的身邊還有父親、母親和弟弟。母親一邊呵斥她們爭搶一邊給弟弟夾菜。她比兩個姊姊吃得多，因為兩個姊姊不用去撿拾煤。

兩個姊姊吃完飯後，爬在油燈下開始讀書寫字。她每次都要走過去，用羨慕的眼睛看著兩個姊姊和她們的書。她也想去讀書，但她意識到自己和兩個姊姊不一樣，和家裡所有的人也不一樣。她看著家裡的每一個人的嘴巴都在動時，她就著急，她受到了冷落的對待，她想喊叫可是卻不知道自己為什麼不能喊出來。

一家人用鄙視的眼睛看著她，她膽怯羞愧地低下頭，她不知自己到底做錯了什麼。

夜色濃重時，小女孩孤零零一個人站在院子裡，她抬頭看著滿天的星星向她眨著眼睛，沒有人告訴過她——為什麼月亮有時像燒餅一樣圓？有時像鐮刀一樣彎？風吹著小女孩的羊角辮，她的眼睛裡閃動著月亮的光澤。

一張大床上睡著父親、母親和弟弟，一張小床上睡著兩個姊姊，她一個人睡在兩個姊姊寫字讀書的長木板上；她要等兩個姊姊都上床睡後，才敢去自己的位置睡覺。她的個頭比兩個姊姊矮，她的腿腳和胳膊卻比兩個姊姊粗壯；姊姊和弟弟的手上沒有傷疤，而她的手上不但有傷疤，還有和父親一樣的肉繭，她從記事起就開始用自己的勞動換一口飯吃。

她很快閉上眼睛睡了。

她在夢中笑了，沒有人知道她夢到了什麼。

她突然被母親推醒，她知道天已經亮了。她看著兩個姊姊洗完臉後，就用她們用過的水洗自己的臉。父親吃過早飯出門了，兩個姊姊背著書包也出門了，她不知道父親去做什麼，她想跟著姊姊一起出門。每次，她被兩個姊姊怒斥中推到一邊，她的眼裡含著淚，她看著母親用手語指責她，她不知道自己又做錯了什麼？為了平和母親臉上難看的顏色，她再次背起自己的簍子，光著腳丫去公路邊撿拾煤。

背簍越來越沉，壓得小女孩駝著背走路，尖利的小石子硌在她的腳掌上，她已經感覺不到疼痛。她口乾得很想喝水，她沒有去找水，她咬著牙繼續撿拾從汽車上滾落下的黑硬的煤塊。她看著別人簍子裡的煤比自己的簍子裡的多，她很著急。

一輛汽車顛簸著跑了過去，飛揚的土塵滾滾而來，嗆得小女孩不停地咳喘，眼淚順著小臉上的灰塵流了下來。小女孩顧不上難過，就慌忙蹲下身子搶拾大塊的煤。有大個頭的男孩跑過來和她爭搶著撿，她不甘示弱，用被激怒的野獸般的眼睛狠狠地對視著自己的競爭者。

這些光著腳丫的男孩子一邊嘲笑她，一邊嘴裡喊著什麼，他們的眼睛裡沒有一點友情和善意。她此刻想大喊大叫，她知道自己無論怎麼喊叫都沒有用，她就撿拾地上的一塊石頭狠狠地向欺侮自己的孩子扔去。那些像鬼一樣的又髒又黑的孩子背著搖晃的簍子嘻笑著跑開了。

黃昏的時候，小女孩背著空簍子從小鎮上回來，她從一片樹林穿過時，看到一棵樹上一隻爬蟲正慢慢地往上爬，她認識這種六條腿的蟲，但她不知道叫什麼名字。她飛快地從樹上一把抓住，看著牠又醜又笨的樣子，她知道牠一夜間之後——就會從又醜又笨的殼裡鑽出來——變成一隻帶著透明翅膀的飛鳥！她喜歡這隻蟲子，她夢想自己一夜間也會變出一雙透明的翅膀，像飛鳥一樣在藍天白雲的懷抱裡飛。

小女孩回到家裡後，把這隻爬蟲放進了自己的煤簍子裡，上面壓了一塊蓋水缸的圓形木板。第二天，小女孩沒等母親推醒她，就從自己的木板床上跳下來，去看爬蟲是不是變出翅膀了？她沒有失望，她開心得笑了，沒有一個人來和她一起分享這份快樂！

她找不到自己的飛鳥的嘴巴，她看到牠有一根細細的像針一樣的吸管，她就餵她的飛鳥喝稀粥。弟弟跑了過來，一把搶走了她的飛鳥，她去追弟弟，弟弟說什麼也不還給她。弟弟突然撕下了飛鳥的翅膀，狠狠地摔在了地上，她一個耳光打了過去，看見弟弟張大嘴巴哭泣，她不知道弟弟哭叫了些什麼。這時，父親快步走了過來，一個更大的耳光打在了她的臉上。弟弟的淚水很快止住了，他洋洋得意地看著她半個腫脹的臉。她的淚珠從扭曲的小臉上不停地滾落下來。

月亮圓的時候，一家人坐在一起吃飯，沒有人告訴她今天是什麼節日。她看見母親把一塊比燒餅小的圓餅切分成四塊，先給弟弟一塊，然後給兩個姊姊每人一塊，最後那一塊她知道是給自己的。桌子上還有雞肉，她喜歡吃肉，她一嗅到肉香就會流口水，她伸手就想去抓，她的手被母親打了一下，她意識到自己錯了，就拿起筷子去夾，她的手再次被打了一下，——筷子從她的手中打落在地上。她不知自己又錯在哪兒？她不敢再動，用眼睛看自己的姊姊，她們正用鄙視的眼睛斜看著她；她去看父親，父親用手指了指掉在地上的筷子，她想了半天，就小心翼翼地低彎下頭撿拾起筷子，在自己的左衣袖上擦了擦土塵，她等待著母親的手下命令——她恐懼自己會被取消吃雞肉的權力。

小女孩吃到了肉，那是在家裡所有人都吃到肉之後，她知道弟弟吃的肉最多，她恨弟弟！

也不知過了多少天，弟弟也有了自己的書包，他和兩個姊姊一起快快樂樂地出門，快快樂樂地回家，他們坐在一起讀書寫字。她聽不到她們的讀書聲，也聽不到別人在她面前議論些什麼。她用眼睛去看用心去猜，她還是有很多事不明白！她的個頭在慢慢地長高，而她每天只能背著簍子繼續撿拾煤塊——賣掉後交給家裡人一張紙幣。

下雨的時候，她坐在門口看一串串的水珠從屋簷上垂落下來，一個個水泡在地面上閃現又很快消失，她還看見一隻隻又肥又笨的蚯蚓從泥土裡鑽了出來，牠們在水中泡著好像很不舒服，牠們好像在找自己的家，又好像在找東西吃。牠們真可憐啊！

下雨的時候，母親會給她別的活讓她幹——讓她納鞋底，她學著母親的樣子，用針很費勁地紮疊了許多層的布，她幹的針線活兒總不能讓母親滿意，母親就不停地打她，嘴裡不知罵些什麼難聽的話。她含著淚期盼雨停天晴，她願意每天背著簍子撿拾煤。

一隻小貓被軋死在路上，皮肉已經模糊，路過的孩子總要興奮地停下腳步多看幾眼後才走開。她背著簍子走了過來，學著他們的樣子。

有一天，母親從鎮上買東西回來，買了一條紅色的裙子，她又驚又喜地看著像石榴花一樣紅的裙子，她突然收斂了笑容，她知道這條裙子不屬於她。很快，兩個姊姊上學回來了，她們都爭著穿這條裙子，兩個人就打了起來，四隻手緊緊抓住裙子不放手，裙子突然被撕開了一條縫……母親怒氣衝衝地走過來，給她們一人一個耳光。母親很快用針線縫好了裙子，幫大姊穿上了，二姊的臉一下子拉了很長，委屈地撅著嘴巴，嘴裡不知道嘟囔些什麼。她用同情的眼睛看著二姊。

吃飯的時候，大姊穿著紅紅的裙子高興地跳躍著，二姊說什麼也不願意吃飯，二姊躺在床上誰都不理，父親和母親用歉意的眼睛看著二姊，父親和母親卻無視她的感受！她很早就明白自己和別人不一樣！

第二天，二姊還是悶悶不樂。她突然從口袋裡掏出一張紙幣，遞到二姊面前，這張紙幣原本是準備交給父親的。二姊拿到這一張紙幣，臉上出現了笑容，二姊牽著妹妹的手，一路奔跑。

她們很快來到了小鎮上，二姊拿著錢先買了一紙包瓜子，賣瓜子的老頭找回二姊兩張小一點的紙幣，她驚呆了！她以為一張紙幣只能買一種東西，買過後就一張紙幣全沒有了！她看著二姊又用找回來的一張紙幣買了十塊糖，她的手中還剩下找回來的一張紙幣！二姊和她此刻是好朋友了，她很高興，她開心地和二姊一起分享瓜子和糖。她們很快就吃光了紙包裡的瓜子和糖，二姊帶著她繼續在商店前走動，二姊牽著她的手鑽進一個破舊的棚房裡，兩個脖子粗大的女人，她們手上黏著白乎乎的麵粉正在包著包子。二姊把最後一張紙幣遞給她們，一個女人接過錢，一個女人給二姊兩個像小孩子拳頭大的包子。她用敬畏的眼睛看著這兩個體形肥大的女人的一舉一動，接錢的那個女人突然用手挖了一下鼻屎，在黑乎乎得桌子腿上摩擦了一下，然後繼續包她的包子。

二姊分給了她一個包子，拿在手中感覺包子已經涼了，但她還是很高興，她以前只看過同齡的孩子吃過這種豬肉餡的包子！她學著二姊的樣子咬了一口，津津有味地嚼動著，她突然看到包子裡的肉餡中有半隻死蟲子，這種蟲子在她們的廚房和廁所裡她都見過！她知道自己的口裡咬著另半隻蟲子，她感到一陣噁心，她卻捨不得吐掉口裡的混合著豬肉餡的包子，她的一滴眼淚滾落而下，被手中的包子接住，她就著自己的淚水一口口吃完了包子。

她和二姊一起吃完了包子，一起回到了家裡。

弟弟發現二姊一個人偷偷躲在被窩裡磕瓜子，就伸手要，二姊不給，弟弟去母親那兒告狀，母親來審問二姊，二姊不知對母親說了些什麼，母親怒氣衝衝走了過來，劈頭蓋臉地打了她幾個耳光，然後撕她的嘴巴，母親的嘴裡不停地罵些什麼……她知道自己錯了——不該和二姊一起花掉那一張沒有交給父母的紙幣！可是，這錢是她自己掙來的啊！她為什麼不能花？她不明白二姊為什麼不挨打？她哭，她恨家裡所有的人！

母親一邊打她一邊卡她的脖子，她哭叫著把吃到肚子裡的包子又吐了出來……她不停地吐不停地吐……她感覺自己把膽汁也給吐了出來。

她閉上含淚的眼睛，很快睡著了，她再次夢到自己長出了一雙透明的翅膀，她伸開翅膀像飛鳥一樣快樂地飛！

她突然從夢中驚醒，感覺自己尿了床，她用手摸了一把，手上黏滿了黏乎乎的血，她嚇得全身收縮一團，她想哭，卻沒有人知道她為什麼要哭！她的淚水再次無聲地滑落下來。

又是一個春暖花開的季節，個頭長高了許多的小女孩背著簍子，一路奔跑著追趕路邊的蝴蝶，她聞著路邊的野花，心情也像花一樣盛開。

她多長了一個心眼，每天撿拾到的煤多賣的錢就自己偷偷藏在一個無人知道的角落裡，她要等自己攢到足夠的錢後，為自己買一條紅紅的像石榴花一樣的裙子。她為自己這一個小小的理想而興奮。

夏天快過完的時候，小女孩賣完煤，拿出自己所有的積蓄，總於實現了自己的理想——她穿著紅紅的像石榴花一樣的裙子，光著腳丫奔跑著，她忘記了自己的背簍，她忘記了許多的苦累和委屈。當她快走到村口時，她突然想起自己的背簍！她怕父母打罵她，她馬上回頭去鎮上找。

天已經黑了下來，月亮爬上了樹梢。

穿裙子的小女孩沒有找到自己的背簍，她慢慢地移動著腳步往回走。一個高大的男子迎面走了過來，他用淫邪的眼睛看了一眼小女孩，小女孩膽怯地躲開他，快步向前走去。男子猛地撲了上來，抱起不停掙扎的她，鑽進了路邊的一片樹叢，斑駁的月光撒在地上，野獸一樣的男子扒掉了她的裙子……

她擦乾淚水，撫摸著疼痛的生殖器，她顫抖著赤裸的身子，從地上撿起沾滿草汁的裙子。

秋天快要過去的時候，小女孩感覺自己的肚子正慢慢地變大。她想起母親的大肚子，想起母親挺著幸福的大肚子享受著父親為她燉的雞肉湯——然後母親生下弟弟！母親很快發現了她的大肚子，就用眼睛和手語一起查問她肚子的事……她無法把自己經歷過的事告訴自己的母親，她感覺自己什麼也沒有做錯啊！

父親回來後，和母親不停地商量著什麼，後來兩個人吵罵了起來，然後是母親又惱又恨地哭，……他們好像要找一個什麼樣的仇人？他們最後把所有的仇恨都轉移到她的身上。

父親睜著一雙布滿血絲的眼睛走了過來，示意讓她跪下，然後狠狠地在她凸起的肚子上踢了兩腳。她哭了，她知道是自己的大肚子惹的禍，可這又不是她的錯，她認為自己什麼也沒有做！她也不知道自己的肚子為什麼會大起來？父親讓她從地上爬起來，讓她爬上院子裡的一棵彎脖子樹，然後往下跳……她忍著被父親踢痛的肚子爬上了樹，跳了下來，但什麼也沒有發生……母親停止了哭泣，她用一雙淚眼鼓勵著她再次爬上樹再次跳下來，她喘著氣做了一次又一次……她看見她的兩個姊姊和弟弟用驚訝的眼睛看著她，遠遠地躲著看……她咬著牙，在母親突然如巫婆般不停嘟囔不停念咒的嘴裡跳下來跳下來跳下來……

第二天，天還沒有亮，她背上家裡的一個背簍出了門。她的臉色蒼白，她渾身冷得發抖，她一步一步走出了生養她的那個村子，她沒有回頭看，她一步一步走到寂靜的公路上，她慢慢地彎下腰蹲下快要破碎的身子撿拾黑暗中的煤，一塊兩塊三塊……她的身子再次疼痛起來，她扭曲著萎縮著痙攣著……她的小手指在地上胡亂地抓著……她感覺太累了，就躺在地上休息……她想起自己的下身不停地流血，一塊模糊不清的肉塊從自己的肚子裡流出來……她現在放心了，不怕父母再打罵她了，她的大肚子永遠消失了……她閉上眼睛，感覺自己還在不停地往彎脖子樹上爬，然後往下跳，往下跳，往下跳……

所有人的臉孔都變得模糊不清，然後消失。

她看見自己長出了一雙透明的翅膀，和飛鳥一起飛，越飛越高越飛越遠……

天慢慢亮了，溫暖的陽光撒滿了荒蕪的大地。在一條凹凸不平的黃土路上，躺著一個睡熟了的少女，她長長的黑髮，她花朵一樣的臉龐，她緊閉的眼角掛著一顆水晶般的淚珠，她的身體已經冰涼。

二〇〇六年四月十一日，北京楊閘

愛情故事

「我再給你一次機會！」公主說。

陳世美絕望的眼裡重新升起一片希望，他咬了咬牙，暗暗下了狠心：人不為己，天誅地滅！（孔夫子似乎來到了他的眼前營銷存在哲學，他決定買孔夫子的單。）陳世美緊了緊腰帶，他想到自己很快又可以和美麗的公主坐在一起吃人世間的佳餚供酒！啊！只有傻B才不追求富貴生活……也只有有真才實學者，——只要他是男兒身，在這個封建的社會裡，他才能為國家盡忠心！——他應該得到寶馬和美女，他要成為當代青年人眼中的偶像！

陳世美腰間斜掛著公主贈送的定情之物——一把世間少有的寶劍，大步如流星般來到了城外的老槐樹客棧。

「夫君，你果然發達了啊！」人老珠黃的秦香蓮此刻面黃肌瘦，她過度的貧窮，她過度的憔悴，她過度的勞累，她過度的對丈夫的牽掛和對死去的公爹公婆的懺悔，讓年僅三十歲的她提前接近一位老太婆。秦香蓮望著朝思暮想的丈夫，他此刻顯得是那麼高大英俊加冷酷！她伸出兩隻枯瘦的手，興奮地抓過身邊的一對衣不覆體的兒女，顫抖著沙啞的音調：

「孩子們，快叫爹啊！他就是離開你們快五年的親爹啊！你們的爹如今考上狀元了！以後我們可以跟著他享福了啊！你們終於可以實現上學讀書的夢想了啊！……」

兩個又黑又瘦的叫花子一樣的小孩，睜大了又黑又亮的眼睛，他們萬分驚喜，他們的心情比過節還要激動，他們幾乎興奮得要跳了起來，但沒有跳動一下，因為他們長期忍受著飢餓，他們營養不良渾身沒有一點力氣，但他們還是撲了上去，抱緊父親光彩奪目的綢緞衫一邊流著黃水鼻涕一邊流著熱淚。

陳世美哭了，他的心也快要碎了！他突然鬆開擁抱兒女的手，從內衣口袋裡掏出一個布包遞到了秦香蓮面前：

「蓮妹，讓你受苦了啊！這些珠寶你拿去吧！你帶著兒女走得越遠越好……」

「美哥，到底出什麼事了？你給我說清楚？你是不是嫌棄我們了啊?!……」

「我只能說對不起！我不是一個好人！我貪圖容華富貴同時又貪生怕死……我們之間的緣分已經結束了！」

「嗚嗚……不！你不能拋棄我和孩子們不管啊！這麼多年，我為你吃苦受累，我為你孝敬父母，我為你養兒育女……而你，——你這個忘恩負義的陳世美！你不能這麼狠心不能這麼絕情……」

秦香蓮悲傷地哭泣，她突然憤怒起來，把手中沉甸甸的包珠寶的包狠狠地扔在了地上。很快，她又用一雙無奈的可憐的乞求的眼睛看著陳世美蒼白的臉：

「你說，你是不是又在外邊找了一個女人？如果你真的很喜歡她，我也能接受……」

「但是她不能接受你們啊！」陳世美說著，低垂下了懺悔的頭。

沉默了許久，每個人的眼裡只剩下了悲傷和無奈的仇恨。

冷冷的西北風無情地吹著，一個披頭散髮的女人牽著兩個叫花子般的孩子，搖晃著稻草人一樣的身子。陳世美彎下腰，撿起地上的包裹，再次遞到了秦香蓮面前，用哀求的口氣說：

「蓮妹，你還是忘掉我吧！這些珠寶雖然不太值錢，但已足夠你們買房子買地和供孩子們將來上學讀書……蓮妹，求求你了啊！你還是忘掉我吧！曾經深愛著你的那個陳世美已經死了！」

「呵呵……這就是我當初供你讀書得來的結果嗎？——報應啊！我本是一家富商的小姐，為了當初的你這個窮書生，而拋棄了我的上等人生活，我為了你背叛了生養我的父母，和你一起私奔到鄉下受苦受累！我白天出賣自己的刺繡手藝，夜晚油燈下加班加點紡棉織帛……我為你守父母敬孝道……我為你生兒育女……我為你……」

「不要再說了！是我對不起你！」陳世美的眼裡含著悔恨的淚水，他想到了公主，想到了自己不能抗拒的政權。他恐懼了，他用威脅的口氣怒吼道：「你們快給我滾開，我不是你們要找的陳世美，你們要找的那一個陳世美他已經死了！」

陳世美轉過了身子，他的心在痛，他已經無法忍受——看自己的妻兒在寒風中蜷縮發抖。他真想脫下身上的改變自己本性的衣袍，和妻兒一起去鄉下同甘共苦。啊！不！——過去的已經過去了……

「呵呵！你這個忘恩負義的陳世美，你等著吧！我要去開封府告你……我要讓你身敗名裂，我要讓全天下的人都知道你是一個狼心狗肺的人！」

秦香蓮說著，再次把包珠寶的包裹扔到了地上，兩隻手一左一右牽著兒女而去。也就是在這個時候，陳世美從腰中拔出了公主贈送的定情寶劍，大步飛上前，狠狠地砍了下去。秦香蓮一聲慘叫倒在了血泊裡。

「爹，不要殺我！爹……」兩個孩子跪地求饒。

陳世美的表情已經變形，他像屠夫一樣咬牙裂嘴吼叫，他的眼前一片紅光，他聽著一聲接一聲的尖叫，他聞到了血腥味……

「啊！啊……」阿傑尖叫著從夢中驚醒，滲出了一身的冷汗。

「老公，老公，你醒醒……」一隻柔軟的女人的手在推阿傑，阿傑從遙遠的夢境中回到了現實中，此刻，他的新婚妻子正躺在他的身邊。

阿傑聞著妻子頭髮上的洗髮水香味，他的心情還是久久不能平靜下來。他感覺自己就像從前世一下子來到了今生，一種強大的恐懼感也從前世追到了今生。

「怎麼，作噩夢了？」妻子問。

「是，太可怕了！我為什麼會那麼狠心……」阿傑又似乎是在自言自語地說，他的頭腦裡還殘留著那一幅殺妻滅子的畫面。

自從阿傑作過那一個噩夢後，他就開始了陽痿，和新婚妻子無法進行正常的性生活。

「你不要有太多的心理壓力！」溫柔體貼的妻子說。

妻子是一位房地產開發商的女兒，阿傑和她是在網絡（網路）上認識的。阿傑從大學畢業後，迷戀上了網絡遊戲和 FLASH 動畫，他自學了製作動畫的軟件（軟體），他花了一百個夜晚的時間製作了一個精美的愛情 FLASH 歌曲。阿傑就是靠這個作品贏得了一個女子的愛，他們在 QQ 裡聊過一百個夜晚後，開始見面，接著很快結了婚。

不久以前，她還像一位公主一樣孤傲，她一次次拒絕那些靠近她的火熱的異性。她用一顆孤獨的芳心去欣賞夢中的白馬王子的才華，她很快找到作者阿傑的電子郵箱，寫信，相互加對方的ＱＱ為好友。

「能製作出這麼淒美的 FLASH 歌曲的人一定是一個誠實善良同時又對愛情執著的人！」她對自己的心說。

此時，她身心寄託給的這個男人卻陽痿了！

「你不要緊張，你不要有任何壓力，你有什麼難言之隱？……」

隨後的幾天，阿傑繼續重複著那個噩夢。妻子帶著阿傑去醫院進行治療，找了一個又一個專治陽痿病的專家，都無效。妻子著急了，阿傑心情更糟。他閉上眼睛站在水龍頭下沖澡，水珠在他健美強壯的肉體上閃亮地滾動著。他看著朦朧的鏡子中那具裸體，卻不敢相信自己是一位陽痿患者，而事實上，他無論怎麼動用自己的性欲念，都不能讓下身的那一根萎縮的肉動一下。

阿傑很快想到了生養他的那個城鎮，想到了過早去世的父母，想到自己一個人半工半讀從大學畢業……他現在的妻子，純情善良又敏感，她還是一位富翁的千金小姐。

「啊！為什麼，我總是感覺到自己前世做過什麼虧心事和違心事？」

阿傑被自身生出來的陰影深深覆蓋。

「不行，我還是不行……」阿傑裸著身子，倒在赤裸裸的妻子懷裡哭了，他感覺自己的淚水就像開了閘的河流，暢快地流動著。

「阿傑，你別哭，你再試一試別的藥。」

阿傑擦乾了淚水，躺在妻子身邊像一個孩子一樣睡著了。阿傑很快夢到：一個皮膚漆黑額頭上有一個月牙形傷疤的男子在追他，無論他跑到什麼地方，那個男子又總能找到他。那個男子用黑白分明的大眼睛看著他，緊緊地看著他。雖然月牙傷疤下的眼睛裡只有正義，但阿傑還是懼怕——他的心時時告誡自己：你是一個狼心狗肺的人！你是一個貪圖榮華富貴的小人！你是一個貪生怕死的懦夫！你是一個殺妻滅子的魔鬼！

「啊！……」阿傑再次從噩夢中驚醒，他擦了擦自己臉上的冷汗，摸了摸自己的脖子，知道自己還活著。

阿傑回想自己今生還從沒有做過一件對不起世人的事，更不曾欺騙過別人的感情！為什麼他的眼前總是浮現一個苦難的女子的身影？而這個女子就是夢中的秦香蓮，她為了愛情背叛了自己的富貴家庭，背叛了自己的父母……她為了愛情和陳世美一起私奔到鄉下受苦受累！她白天出賣自己的刺繡手藝，她夜晚油燈下加班加點紡棉織帛……她為陳世美守父母敬孝道……她為陳世美生兒育女……她千里迢迢，一路飢寒，卻招來最愛的人舉起了無情的劍……啊！為什麼？為什麼會是這樣？

前塵往事就好像發生在昨天，許多人已經淡忘這個故事。

在這個商品經濟所覆蓋的人生裡，每個人都在操作和運籌自己，而這又是一個沒有答案的時代，一個只有現象的時代，一個用自身的理性無法琢磨的時代，一個憑感覺來體驗的時代……而他陽痿了，他此時相信這是一個陽痿的時代！

他看著自己的新婚妻子，他突然感覺她是那麼陌生，他不知自己為什麼要和她結婚，他前世就好像為了她而去作孽深重！他的陽痿一定和這個女人有關！他多疑，沮喪，恐懼，焦慮，悲傷，受挫，渾身無力。

「阿傑，那只是一個很荒唐的夢啊！」他對自己說。

「親愛的，你愛我嗎？」他對妻子說。

「愛！——我會等到你的病好！」妻子說。

「如果我們都生長在宋朝時代，你會愛我嗎？」

「呵呵……阿傑你真有意思，我會愛你的！」

「如果我是一位窮書生呢？而你是一位富商的女兒，你的父母又反對你和我結合……你這個時候會背叛自己的父母嗎？你願意和我一起私奔嗎？你願意和我一起到鄉下過苦日子嗎？」

「阿傑，你怎麼會突然問我這些？」

「我希望你能如實回答我。」

「好的阿傑，——我因為愛你，我願意為了你背叛自己的父母，我願意和你一起私奔一起到鄉下過苦日子！你現在可以滿意了吧？嘻嘻……」

「如果有一天，我真的考上了狀元，又愛上了公主，你會怎麼辦？」

「我會恨你一輩子的！」

「僅僅是恨我一輩子嗎？你會不會到包黑子哪兒去告我，然後砍掉我的頭？」

「你發什麼神精？我為什麼要去告你！我們可以離婚……」

「宋朝時代不可以離婚，只可以休妻，如果我要休掉你，你一定會報復我的！你一定不會放過我，因為你恨我，所以你會想盡一切辦法讓我身敗名裂——你讓我死無葬身之地，你讓我遺臭萬年……」

「你瘋了阿傑？我不想再回答什麼，真無聊！我去上網玩了！」

「你等等，我只想對你說，我是愛你的，我其實並不愛公主，我是因為怕公主的父親才去殺你的……」

「你是精神病！」

妻子好像還是一位小女孩，她此時不高興了，她轉移了自己的情感去參與一場網絡遊戲。

「哦！原來她不是我前世的妻子秦香蓮！如果她是我前世的妻子秦香蓮，我今生一定做牛做馬來補償她！可是，我現在陽痿了！我的陽痿一定和這個女人有關！或許，她就是我前世欺騙過的那位公主，——我因為貪戀她的父親所給她的一切榮華富貴而去殺了自己的結髮妻子，還親手殺死了自己的兒女……」

「爹，不要殺我，爹……」

阿傑的眼前再次浮現一片劍影，一陣呻吟慘叫聲，然後是血肉模糊的人頭，一雙雙仇怨的眼睛死死地盯住他不放。

阿傑心情鬱悶，一個人喝酒，然後倒在地板上睡著了。

阿傑看見自己飛了起來，飛過奔流的黃河，他的腳下是一面面綠色的旗幟在飄。「陳世美，你跑不掉了……」包黑子騎著一匹馬緊緊追了上來……阿傑看見不遠處閃現一個圓形的彩虹光環，他伸直手臂，飛鑽了進去，隨後他感覺到自己的腳被一隻強有力的大手抓了一下……阿傑看見自己來到了燈光閃爍的現代都市，他正走在街上，突然跑來一隊警察——似乎是要來抓他？阿傑半信半疑，他還是戰勝不了自己的恐懼，就驚慌失措地逃；他一轉身，躲進了一所黑暗的公廁裡——更讓他自己不相信的是，他躲藏進的是女廁所——而此時，一個黑皮膚的小夥子正舉著肥大的生殖器，阿傑突然也興奮地勃起了，他擁抱住這個黑皮膚的小夥子親吻著，內心裡一片平靜，沒有一絲的壓力和犯罪感。

阿傑從快樂的夢中驚醒，他感覺有一隻腳正踢在自己身上。阿傑從地上爬了起來，他瞟了一眼用腳踢自己的妻子，什麼話也不想說，他快步走進了洗手間，看到自己內褲裡全是黏糊糊的精液。他驚呆了，他以為自己今生再也不會射精，而他現在剛剛遺了精？他開始有點驚喜，在驚喜中看到自己下身的那根肉棍兒在勃起般地抖動了幾下。他提上褲子，衝了出去，他想馬上抱住妻子性交，而他一看到妻子的那一瞬間，感覺下身的東西已經萎縮了。

阿傑一個人走在黑夜的大街上，他走進了一片幾乎快荒掉了的小公園，他突然看見一個皮膚黑黑的小夥子正用黑白分明的大眼睛看著他，他的額頭上凸現一個月牙形的傷疤。

「你好！」

「你好！」

兩個人又多聊了一些。一個人說他在他的岳父手下的房地產公司工作，另一個說他在一個居民小區從事保安，他未婚，單身，開封人，他一直在尋找自己的ＢＦ。隨後，兩個人擁抱在了一起，他親了親他額頭上的月牙傷疤說：

「我知道你是一個好人！我愛你！」

「我也愛你！」

兩個人在看不見的黑暗中脫掉了褲子，他用顫抖的唇親了親那個久違了的傷疤，他感受到了親和力，他開始瘋狂地勃起……

一個月以後，阿傑和妻子離了婚，他同時辭掉了自己的工作，很快又搬出了岳父大人送給他們的一套房子。阿傑和他的ＢＦ——一個黑皮膚額頭上有月牙傷疤的善良坦誠的男子一起同居了，他們住在城郊的小平房裡，他們平等相處相愛著生活，對未來充滿了希望和幻想。

二〇〇六年四月五日，北京楊閘

顛覆傳統的自殺者

「朋友，你孤獨嗎？你痛苦嗎？你想自殺嗎？——本公司為你量身定做人性化的自殺策劃方案，電話……」

詩人在網吧裡上網，他在一個非文學性論壇上看到了這個廣告，就記下了自殺策劃公司的電話號碼。詩人的心難以平靜，他看了看身邊的網客，他們的靈魂已經深深墜入網絡遊戲的陷阱中——殺，殺，殺！他們是這個虛擬世界裡的英雄！

電話很順利地打通了，一個沙啞的蒼老的聲音告訴他見面的地址。

在一個天氣陰冷的下午，詩人走出了自己陰暗潮溼的小房間，他上身穿著一件黑色的破舊的皮衣，下身穿著一件地攤上廉價出售的黑色牛仔褲，腳上穿著一雙好久沒有擦油的黑色皮鞋出了門。他走下地鐵站的入口，從口袋裡掏出寫著地址和電話的紙條，看了看確認自己沒有坐反方向。車廂裡站滿了人，詩人很瘦，他夾在人群的縫隙中，他的手緊抓住頭頂上的扶手保持身體的存在感。

自殺策劃公司在南郊的一個寫上「拆」字的小區裡，灰色的樓層裡冷冷清清，樓梯被踩得黑亮，各種小廣告貼滿了樓梯的扶手，證明這裡還有人居住。一盞昏黃的沾滿灰塵的燈泡隱隱約約地亮著，黑洞洞的地下室通道裡，棄放著一些破舊的雜亂的無用的物品。詩人早已經習慣這種環境，他還是有點猜疑這家自殺策劃公司的實力。找不到門鈴，他伸出長長的手指敲響了房門，門吱嘎一聲開了，一張和藹的老人的臉出現在面前。房間裡亮著還算明亮的燈，牆上掛著一幅褪色的世界地圖和一幅市區地圖，老人請詩人坐下，詩人坐在了破舊的沙發上。詩人認真地打量著這個自殺策劃人，他一頭灰白的頭髮，大約七十歲左右，一雙有神的明亮的大眼睛聚焦在滿臉的枯葉般的皺紋中，他的嘴唇有些塌陷，牙齒殘缺不全，他的下巴上有稀疏的鬍子，他的身體枯瘦，卻整整齊齊地套著一身黑色的西裝。

他簡單地自我介紹完後，問詩人需要什麼樣的服務。

「我是詩人，我一直堅持寫了二十年的詩，可是，這個時代已經沒有人願意再看詩了！詩人的詩集只能自印後送給詩人，而詩人也是越來越少……我很孤獨，我很痛苦，我一直都深深愛著我的祖國、我的民族，我為我所深愛著的底層兄弟寫詩，為孤兒寫詩，也為妓女寫詩，我還想為更多的人寫詩，我還想為自己的祖國去努力得諾貝爾文學獎！……可是，我們的這個時代已經被經濟生活覆蓋，這個時代已經沒有藝術，只剩下各種商業操作！詩人已經被這個眼球經濟時代拋棄！……我已經寫下了一大批優秀的作品，我不想再努力了，我付出了我全部的青春和熱血，我一直都沒有得到過一次回報！所以我要自殺！我厭倦這個沒有詩的社會，我已經沒有什麼東西可以留戀……」

詩人時而義憤填膺時而悲傷絕望地說。

「啊！偉大的詩人，你的條件完全符合自殺！」自殺策劃人心平氣和地說：「我為你介紹幾種很詩意的自殺方式，請你來選擇！」

他拿起茶杯喝了一口，用他沙啞的聲音接著說：

「第一種自殺方式——藥物自殺，選擇一個飄雨的黃昏，你一個人靜靜地躺在潔白的柔軟的撒滿玫瑰花瓣的床上，聽著貝多芬優美的交響曲，你吞下一瓶安眠藥，你輕輕地閉上了眼睛，臉上沒有一絲痛苦，你就像在天堂裡睡著了一樣……啊！多麼美麗的死亡！」

「不行，我不能選擇這種美女的自殺方式，我是詩人！」

「第二種自殺方式——上吊自殺，選擇一個落葉的秋天，你一個人悄悄地走進一片果樹林，看著空空的枝頭，你長嘆一聲，然後解下自己的腰帶，把自己吊上最高的枝頭。」

「不行，我不能選擇這種方式自殺，這樣死後舌頭會伸出來老長，影響我生前在人們心目中的美好形象！」

「第三種自殺方式——跳樓自殺，選擇十層以上的高樓，你一個人悄悄地爬上樓頂，你看見太陽此刻也正要落下去，啊！你鼓起勇氣往前一步……啊！你和太陽一起落下地平線，你的鮮血染紅了落日的餘暉，啊！這是多麼悲壯的死亡啊！」

「不行，這種方式好多人已經用過了，我不能模仿別人的自殺方式，我是先鋒詩人，我最恨模仿別人！」

「第四種自殺方式——投水自殺，你愛黃河就選擇黃河，你愛長江就選擇長江，你愛大海就選擇大海，你只需要輕輕一跳……」

「可是，我會游泳啊！我能在水裡浮幾個小時沉不下去！」詩人打斷自殺策劃人的話說。

「你投水之前找一根結實的繩子，在身上綁一塊大石頭，然後再跳下去。」

「也不行，我死後靈魂會有束縛感！我要的是死後靈魂能完全解脫掉這個塵世！」

詩人一臉憂鬱地說。

自殺策劃人接著說：

「那就選擇第五種自殺方式——自焚！你走到一片空曠的地方，順著自己的頭顱往身上澆一桶汽油，然後拿出一根火柴，也可以用一支打火機……啊！你燃燒了起來，像火炬一樣熊熊燃燒起來；如果是在沒有燈光的街道上點燃自己，說不定還能給那些迷路者指引光明的道路！」

「我有一個畫家朋友曾選擇這種方式自殺，他不但沒有被燒死，還被人送進醫院做了皮膚移植手術，他現在還沒有把欠款還上！」

「第六種自殺方式肯定適合你——觸電自殺，你只需要在地板上潑一盆水，站到潮溼的位置，然後伸出你那曾經寫出過偉大詩篇的手指，一下子按到開關上的銅片上……啊！你馬上會感到這個地球在飛快地旋轉，你的靈魂會比脫衣服還要快地脫掉你的不想要的肉體，——你的靈魂像出籠的百靈鳥一下子飛上藍天……啊！這是多麼幸福的死亡啊！」

「可是，當我死後，我的詩友一定會找上門的，因為我還欠著他五百塊錢，他看見我躺在潮溼的地板上，他一定會以為我是喝醉了！他會馬上走過來攙扶我——他一下子也被電死了！我的房東想到房租時也會走進來，她也會一起被電死！還有別的人，他們也可能走進來打擾我，他們也會一起……」

自殺策劃人輕輕一笑說：

「那種選擇第七種方式——割腕自殺，你手中拿著一把鋒利的刀，找到左手腕上的動脈血管，你一定要分清哪是動脈哪是靜脈，然後只要割開動脈血管就行了。你如果是左撇子，就到右手腕上找動脈血管，不過……」他用老人的祥和的目光看了看詩人的手腕，接著說：「你的手臂太瘦了，血壓一定很低，傷口的血很容易凝固，你最好是躺進放滿溫水的浴缸裡割腕自殺，這樣才能把血全部給放出來，這樣才能死得徹底！」

「可我的家裡沒有浴缸，我每次洗澡都要花五塊錢去大眾浴池，那是公共場所，他們是不會借給我自殺用的！」

「那就選擇剖腹自殺吧，你自殺之前要買一把鋒利的一尺以上的長刀，這種長刀市場上賣得很多，不過有很多都是偽劣產品，你要是買了這種質量不好的長刀，不但殺不死自己，還會給自己帶來許多的痛苦，你最好自殺之前先用買來的長刀切一切生豬肉試試，最好是切一切生牛肉試試，特別是老牛肉筋很難切，你的刀如果不費勁就能快速切分這種難切的老牛肉，——剖腹自殺肯定死得痛快！」他看了看詩人，再次喝了一口水，接著說：「你的肚皮最好用溫水洗一洗，這樣更容易切開！你如果橫著切，腸子就會唏哩嘩啦地流出來一大桶，這個樣子很嚇人！所以你最好豎著切！」

自殺策劃人說著就用手在詩人的肚子上比劃了一下，詩人猛地顫抖了一下。

詩人說：「這是日本武士常用的自殺方式，我從不崇洋媚外，還是用本土的方式自殺比較愛國啊！」

「那就絕食自殺吧！中國古代的英雄豪傑一但被關進牢房，他們都會選擇大丈夫自殺方式——絕食自殺！不過，你絕食自殺時千萬不要在身邊放可以吃的和可以喝的東西，連馬桶都不能放，你最好把自己鎖進一個鐵籠子裡絕食自殺，——這很痛苦的！不過，一般情況下正常人七天就會餓死，你是詩人，可能挨餓的免疫力比正常人強，你最多九天就會餓得兩眼昏花，然後死去。」

「我不能選擇慢慢地餓死！這樣會讓很多人都看不起詩人！我要死得體面一些，我要死得讓所有的詩人都感到自豪！」

「那就選擇臥軌自殺吧！這種自殺方式……」

「等等，這種臥軌自殺的方式已經被一位詩人搶先用過了！我還知道的海明威把飲彈自殺的方式用過了，川端康城把煤氣自殺的方式用過了……你再給我想一想別的藝術家們沒有用過的好方式！我一定要顛覆傳統的自殺者！」

自殺策劃人深思了許久，他想了又想說：「這樣吧！你先回去，再耐心地活兩天，我會在這兩天時間裡加班加點為你精心訂做一套自殺方案，一定保證你死得心滿意足，一定保證你死得絕對成功！」

詩人道了一聲謝謝，轉身走了。

城市的上空堆積著雲，是灰色的雲，浮在樓頂，人像螞蟻在樓下行走。

詩人抬頭看了看天空，沒有下雨的意思，也沒有要起風的意思。上天對詩人的心情一點都不瞭解啊！詩人順著一條臭水河往自己的住處走，他在河邊遇見了已經一個多月沒有見面的詩友，詩友看見他，就像看見了自己的兄弟一樣向他哭泣：

「我的女朋友和我分手了！女朋友的家人說除了詩，我不能夠給家人提供任何物質！」

「你打算怎麼辦？」

「我決定放棄寫詩，從明天起——面對大海，做一位商人！」

詩人長嘆了一聲，他心痛地望著詩友的背景，感覺詩友正一步步走上刑場。

詩人忘記了飢餓，他摸了摸口袋裡還有幾十塊錢，就走進了一家網吧。詩人晃動著手中的鼠標，打開一個個詩歌網頁，詩歌論壇裡除了有幾個人在無聊地粗喊髒罵外，真正的詩歌已經沒有人再跟帖評論，他心煩意亂，又開始搜索和自殺相關的廣告。

詩人搜索到一家論壇上的一條信息：「徵求自殺方式」。這個帖子是一個星期以前發出來的，點擊率已經上百萬次，以下是網友的跟帖：

「吃一百碗雜醬麵撐死！」

「讀五十萬遍《心經》累死！」

「一天二十四個小時看電視廣告煩死！」

「看中國足球隊踢球氣死！」

「脫光衣服鑽進冰櫃凍死！」

「吞刮鬍子刀片死！」

「喝烈酒喝死！」

「吸大煙吸死！」

「嫖妓女得愛滋病死！」

……然後是吃安眠藥、上吊、跳樓、投湖、絕食、觸電、割腕、剖腹、自刎、自焚、臥軌……

這個帖子跟了很長很長！

詩人不明白，這個時代怎麼會有這麼多人關注自殺？他們可是不讀詩也不寫詩啊！他們怎麼會具有詩人的痛苦？在這個產生不了英雄的時代裡，是他們本身也感到活著的空虛？是他們的內心裡也潛埋著或生長著自殺的種子？

也就是這個時候，詩人的手機響了，詩人接到自殺策劃人打來的電話，他苦笑了一下，約自殺策劃人在公園裡見面。

詩人步行去免費公園，走到約會地點時，看到頭髮灰白身體乾瘦的自殺策劃人已經坐在長椅上等他。詩人勉強地笑了笑，然後在空出的位置上坐下，洗耳恭聽。

「我這兩天兩夜一直沒有闔眼睡覺，我為你精心策劃了幾套自殺方案供你選擇。」自殺策劃人用溫和的目光再次看了看詩人的表情，接著說：「為了喚起人們保護野生動物的意識，你可以選擇這種自殺方式——把自己餵給動物園裡的狼或老虎獅子！……每一個鐵籠子鐵柵欄的鐵門都上了一把鐵鎖，所以你一定要先學會撬鎖的技能，然後才能把自己的肉獻給我們需要保護的動物！」

詩人著急起來，他憂傷地說：「可我到什麼地方才能學到撬鎖的技能啊？」

「你只需要到自行車停放多的地方守著，一看到小偷撬自行車的鎖，你就上前抓住他拜他為師！」

「可我是詩人啊！我怎麼能拜一個小偷為師傅？」

「還有一個辦法，你要買一把質量好的鋼鋸，不是木工師傅用的那種鋼鋸，可能是電焊工師傅用的那一種鋼鋸，你就用手中的鋼鋸一根一根地鋸斷鐵籠的鐵欄杆，你的身體比較瘦，估計鋸掉兩根鐵欄杆你就能側身鑽進去。不過，為了預防鋼鋸條中間會突然斷掉，你要再自備一包質量好的最好是進口的鋼鋸條……你喀喳喀喳喀喳地拉鋸時一定要快，如果不快點拉——等巡邏的管理員來了就不好辦了！」

「可是，我去過動物園幾次，每次看到那些失去狼性的狼心裡難受；每次看到那些失去虎性的虎心裡難受；每次看到獅子沒有獅性熊沒有熊性……我的心難受啊！每一隻動物都憂鬱！牠們已經厭倦了吃人類供養給牠們的肉……牠們對牠們的理想家園早已經喪失了夢想！我是熱愛世間萬物的詩人啊！我願意把自己並不肥嫩的肉獻給我的狼兄弟我的虎兄弟……可是，如果我鑽進鐵籠子後，牠們不但不吃我連用鼻子聞聞都不願意聞一下，我多沒有面子啊！」

兩個人都沉默了一會兒。還是自殺策劃人先開了口：

「下一套自殺方式肯定不用你多考慮，——你一定喜歡藍天吧！你想不想飛上藍天和美麗的白雲一起飄啊飄啊飄？」

「可我沒有翅膀啊！」

「但是你可以把自己變成一隻氣球啊！變成一隻很大很大的氣球……你只需要借來一台氣泵，把沖氣的管子頭插進你的肛門，你輕輕打開氣泵開關，你的肚皮會飛快地大起來鼓起來……啊！你就像一隻熱氣球一樣脫離了地球飛上了藍天白雲！」

「不行，我有痔瘡啊！我有肛門被物體插入的恐懼症！」

「那你就只好選擇在地球上死了！你想不想借助太陽自殺而死？這種死法肯定沒有人嘗試過！」

「怎麼借助太陽自殺而死？」

「你要準備一個放大鏡，一個很大很大的放大鏡，太陽透過凸起的鏡面把光折疊聚焦成一個光點，你把這個聚焦後的光點對準自己的胸膛，啊！你的心一下子被太陽穿透了！這是多麼經典的死亡啊！」

「可我到哪兒找很大很大的放大鏡啊！去工廠訂做嗎？如果有訂做放大鏡的錢我還不如自費出版自己的詩集！」

自殺策劃人微微一笑說：「那好吧！請再給我兩天的時間，我保證為你策劃出一套很符合你的自殺要求！我一定要讓孤獨的你痛苦的你能夠成功地自殺掉！」

詩人告別自殺策劃人，一個人走在喧囂的街道上。他路過一家報廳時，眼睛無意中落在一份晚報上：匪徒搶劫銀行被警察當場擊斃！

「啊！有了，我就用這種很刺激的方式自殺！」詩人自己對自己說。

詩人含著淚寫下了一份遺書，放進貼身的口袋裡；他很快去兒童商店買了一把逼真的手槍，他又去婦女商店買了一雙大號的黑色的長絲襪。詩人回到家裡，把一隻長絲襪套上自己的腦袋，手中舉著手槍——啊！真像電影電視裡的搶劫犯！

詩人去理髮店理髮，然後去浴池洗澡，然後走進一家飯店，要了幾個炒菜和一瓶白酒，詩人吃飽喝足之後，走在大街上，他要選擇一家在鬧市區的銀行，他想哪兒的警察一定很多。詩人的右口袋裡藏著玩具手槍，詩人的左口袋裡藏著一隻變形了的婦女的黑絲襪子。詩人走著走著……詩人看著那些為生活不停奔波的小商販，看著那些衣裝豔麗的小姐或二奶，看著那些頭髮蒼白的走路不穩的老人……他看著看著……他的大腦像放影片似得飛快地閃過自己走過的每一段路……

「不許動，都給我舉起手趴下！」一個蒙臉持槍的劫徒衝進了銀行。

兩個保安臉色煞白地舉起手蹲在了地上，營業員一個個嚇得鑽進了桌子底下，取存的男女一個個嚇得哭叫著扔掉了手中的錢包和錢箱，所有人都驚慌失措地萎縮成一團在強烈的恐懼中發抖，有一位女士當場暈死了過去。啊！啊！蒙臉的劫徒自己也驚呆了！他目擊著人性的軟弱！他的心在一陣痙攣中狂歡起舞！

「把錢給我拿出來，不然我就開槍了！」

一個女營業員低垂著頭不敢看瞄準自己的持槍的劫徒，她顫抖著雙手把一沓沓鈔票從玻璃窗口裡送了出來……這時候，他的手機響了，一個沙啞的聲音說：我已經幫你策劃好了很經典很經典的自殺方案……他脫下自己的外套，打成了一個包裹。他瘋癲地抱著沉重的包裹跑到了擁擠的街道上。啊！黑壓壓的人群，黑壓壓的人群都驚恐地看著他，看著他……他突然扔掉手中的槍，打開包裹，抓起鈔票向自己的頭頂撒去，他不停地撒著狂叫著……圍觀的人群突然瘋狂地跑上前，伸出失去意志的雙手不停地亂抓著空中的地上的鈔票……一群又一群瘋狂了的人撲了上來，鈔票讓他們擁抱在了一起，鈔票讓他們相互壓在了一起，鈔票讓他們一個個失去了理智失去了尊嚴……他們瘋狂地尖叫，爭搶……啊！他們堆成了一個巨大的人塚！

警車被遠遠地堵在另一條街道上，當警察舉著手槍跑來時，搶錢的人群已經亂成了一碗雜醬麵。一個披頭散髮大口大口喘氣的女人爬了起來，她的手中緊抓著半張鈔票；一個眼鏡擠碎鼻子流著鮮血的男人爬了起來，他的手中緊抓著半張鈔票……啊！一個又一個手中緊抓著錢的衣衫撕破的人爬了起來……

最後的地上，還躺著八個人，他們好像睡著了一動也不動，他們的臉上帶著無比的興奮，他們的身邊丟滿了大大小小的臭鞋。其中一個頭髮灰白嘴巴歪斜光著一隻腳丫的老頭，他的兩隻手裡緊緊地抓著鈔票，他心臟病突發而死亡。另一些人也可能死於心臟病也可能是在擠壓踩中窒息死亡！

而壓在屍體最下面的那位最瘦的死者，他的兩手空空，他的臉上還蒙著黑絲襪子，沒有人能看清他臉上扭曲的笑！

二〇〇六年四月十四日，北京楊聞

肉

W十年前就已經是紅遍全國的歌星，最近幾年炒作起來的歌星太多了，而W也有五年沒有出新唱片了，W幾乎快要被人們遺忘掉了。為了讓W的下一張新專輯能夠繼續占有市場份額，他的簽約公司他的策劃人開始在大報小報上為W製造緋聞或桃色事件。內容不過是說，W又和某某女孩某某粉絲某某玉米某某油條之類的人物有了ｘｘ，或W有可能要結婚有可能不結婚有可能和情人分手有可能和情人繼續保持曖昧又不曖昧的關係，這些沒有創意沒有根據的胡編亂造的「權威報導」出自那些大小報的記者之舌，之前已經有紅包孝敬過這些經濟時代不可少的「知識分子」。

W的最新唱片反反覆覆地製作了十幾次，投資商越來越沒有自信，這讓W的底氣也越來越不足，似乎懷疑W已經老了。W有些煩躁起來，沒有終點地煩躁。

一位歌迷突然打來電話，詢問W和某某女大學生是不是真的要結婚，如果是真的她就不想活了，要去跳樓。這個頭腦不清的歌迷的電話，讓W的受傷的虛榮心得到了安慰。

沒有人真正瞭解W的私生活。更不會有記者知道或報導W是一位GAY，——十足的百分之百的純0。

W的情感是扭曲的也是受雙重壓制的。

W不能自由選擇自己的愛人，更不能正視自己的性取向，他怕。他的恐慌症告訴他——他需要保持自己在歌壇的地位形象。他學會自我保護，苦笑著和緋聞妥協，並樂意接受，他狂歡般地來偽裝自己的性取向，在酒會舞會場所，他像流氓又像君子般地和衣裝豔麗的女人調情。

一隻溫柔的女性的手伸過來，或舉著鮮花伸過來，如果隔著衣服，會讓W很老練地接受，相互擁抱著在媒體面前亮出一張「金童玉女」般的合影。如果這隻溫柔的手繼續溫柔下去，解開W的襯衣紐扣拉開W的褲子拉鍊，——W會馬上全身起雞皮疙瘩。

瞧，W是多麼正經的一位正人君子啊！他對愛情專一，他否定自己從來不像報上報導的那樣：到處拈花惹草，或被某某女人賺到了便宜。

而W最痛苦的是，他只能是孤獨的一個人，睡在一張雙人床上，疲倦中再疲倦地意淫著一個並不存在的同性。這個影子般的男人一直在折磨著他的生活。在W的夢中，總有一場非常的愛情在等待著他，而他是遲到者，因為他骨子裡比女人還軟弱膽怯。在夢中，總有一個高大的背影離他而去，他站在淒風苦雨中萬般著急萬般無奈地呼喚著那個棄他而去的無情的背影，他的聲音只有自己能夠聽到，他的聲音像似在哭泣。

W很容易接近自己的同類人，曾有崇拜他的GAY向他暗示對他的熱戀，他像似一位不懂同性戀的異性戀者，冷酷地走開了。只因為他的偏好遠一點，他不喜歡白領不喜歡藍領，更不會喜歡銀領和金領，他的內心很矛盾又很尖銳地幾乎是瘋狂地暗戀著的卻是一個英俊的黑領，也可能是一群黑領。而這種黑領生活在社會的最底層，遠離W的生活。

W的生活是蒼白的，這種蒼白在那些夢想成為歌星者的眼裡卻是白金。

W此時想放縱一下自己，就像某年某月某天的一個時候，他在街頭遇見一個渾身臭汗的

十七、八歲的民工，他請這個被灰塵和貧窮所遮蔽的民工去洗澡，還圓他一個健美的身軀，同時再還圓他成為一個男人的機會。當這個老實巴交的民工騎上他的屁股時，被感動得哭了，滾燙著的淚大滴大滴地滴落在W柔軟的肌膚上，讓W的神經細胞一下子激活並跳躍起來。

「我需要這樣的愛啊！」

W的內心對自己的世界表達。W很想帶走這個找不到工作的自卑的民工回家，——給他吃一塊肉就能讓他對生活虔誠地下跪，給他洗一次澡就能讓他看到一片光明，給他一個被文化體制雞姦過輪姦過的屁股，就能讓他幻想愛情！啊——愛情？啊——愛情？啊——愛情？啊——愛情！

W的意識很快回到現實中，他珍惜自己的身分的重要性，他拒絕了這個民工一夜間所產生的美好夢想。

W知道，無論他在什麼場所舉辦演唱會，他渴望著的黑領兄弟們永遠沒有錢買入場券。

W沒有把自己的名字告訴黑領兄弟，他全身心——虛脫虛脫。

W一揮手，就讓這個自卑的民工又會到了街頭流浪，繼續被灰塵和貧窮所遮蔽。W很快遠離開了這個夢境，回到有掌聲有鮮花的舞台，為這個時代繼續打造偶像。

五星級賓館外下著雨，三星級賓館外下著雨，低矮的小平房外下著雨，不用說這個城市到處是在下著雨。雨水在給這個城市洗澡，而這個城市越洗越灰暗。雨淅淅瀝瀝下了一天又接著下。W從五星級賓館走出來，叫了一輛出租車，行駛在大街上，行駛進一條彎脖子街，行駛進一條垃圾遍地的小街道。

W一個人走進了公園，他喜歡雨中的孤寂和冷清，他知道這個城市所有真戀愛假戀愛的一對對男女，此時都躲開了雨。

W一身名牌服裝，穿過被雨水淋溼的一片片樹叢。

W的名牌皮鞋有節奏感地響著，響著，向公廁而去。

這是生活在底層的GAY們的其中一個基地，牆壁上畫著巨大的生殖器，寫著下流的留言。W喜歡看這些文字和圖案，他自我感覺遠比看那些博物館的死標本更有意思，而這些意思就是能喚醒他所代表人性的真實欲望。他爽快地拉開褲子拉鍊小便，同時幻想有一位年輕英俊的小夥悄悄地走進來，相互滿足第一眼偷窺。

W正懷疑自己的運氣時，一位夢想中的黑領小夥真的走了進來，他用狡黠的眼睛看了看W，W的頭髮油黑發亮，W五官端正，W的身上是名牌服裝，W的腳上是名牌皮鞋。黑領小夥用獵人般的眼睛盯著W，同時掩藏好眼底的飢餓和貧窮。

一根菸的功夫，W和黑領小夥走出了臭氣熏天的公廁。

「我請你吃飯，你喜歡吃什麼？」

「肉！」

「什麼肉？」

「什麼肉都行。」

W小心翼翼地帶著黑領小夥去另一家海鮮酒店喝酒吃特味異味奇味，然後帶黑領小夥回五星級賓館的豪華包房裡，再然後是洗澡……戴上安全套肛交。這個黑領小夥的每一個性交動作都很熟練。

W有點失望，他期望著的黑領小夥沒有一絲的害羞，他夢中高大無情變有情的肩膀此時就像真的抱在他懷中，而他沒有看到這個黑領小夥的滾燙的感激的淚水流下來。

匆匆一陣就完了，遠比吃飯喝酒的時間短。

「你做什麼工作，你以前和多少個人玩過？」W問，臉上隱藏著不悅和猜疑。

「沒有工作，也沒有和幾個人玩過，我剛來這個城市不久，以前在B城。」黑領小夥在酒精的狀態中面不改色地說：「我是MB，是收費的！」

W有點不安起來，他壓制著自己內心的憤怒，他想罵這個剛剛和自己肛交過而不是做過愛的黑領小夥子，他此時有種恥辱感，這種恥辱感很快爬滿了他的全身，他飛快地希望這個黑領小夥子只是跟自己開了個玩笑。當W用期待的眼睛去看時，卻讓他的心一下子膽怯起來，他看到黑領小夥子正用賊一樣凶狠的眼睛或狼一樣凶狠的眼睛緊緊盯著他。

「你要多少錢？」

「你給我兩千吧！」

「什麼，你要兩千？」

「你要不給我一千！」

「不給！」

「給五百也行！」

「不給！」

「什麼——你五百也不給我?!」黑領小夥子著急起來，他的欲望正在飛快地減退，但又很快地激漲起來：「我是ＭＢ，你和我玩了就該給我錢，你不會連兩百塊現錢也拿不出來吧?!」

Ｗ因為憤怒而漲紅了臉，他感覺自己被騙了，如果這個黑領小夥一開始就說明他是ＭＢ就好了，他以為他所遇見到的並一見鍾情的這一位就是他夢中的黑領王子。而這個滿身披掛著貧窮的黑領小夥擁有羊的面具的同時還骨子裡隱藏著狼性。他以為這個世上所有的黑領小夥在得到他的溫暖的肉體時，都會感激地流下淚來。他的夢一下子破碎了，他為自己的感情受騙而羞恥而無比地憤怒，而他此時此刻卻沒有一點準備，他不知所措地看著這個一瞬間變得醜陋的黑領小夥，他不知該怎樣平息自己滿胸腔的怒火。他此時只能是一個人了，他只能自我防護好名聲，不能讓自己再受到任何損失。他懼怕和這個黑領小夥子爭吵，他想儘快拿出一沓錢扔到無恥者的臉上，而他的內心卻又強烈地反拒自己這麼做，他不想讓這個愛情騙子的陰謀得逞。Ｗ慢慢地坐回到床上，床上此時已經沒有了餘溫。

「你怎麼不知道好歹啊！你可知你自己是什麼身分？我請你吃海鮮請你住五星級賓館還對不起你嗎？你這人真下賤，我真後悔不該搭理你帶你來和你這種不知道羞恥的人發生性關係，你讓我心痛！」

「你愛怎麼罵都行，我這種人就是不要臉，我只要錢！你快給我錢啊！你如果不給我錢我就不走！」

「你……」Ｗ的氣堵在胸口，他突然結巴起來，什麼文字也表達不出來了。

黑領小夥著急地在房間裡上躥下跳起來，他的拳頭握得很緊，似乎就要打到Ｗ的身上。而每次的每次，回味到自己吃到肚子裡的肉香時，他的拳頭舉起來卻又自我退縮了回去。

「你到底給不給錢？」

「不給！」

「好！你不給，看我用什麼手段對你！」黑領小夥很快把電視機抱了起來：「你到底給不給錢，你如果給我兩百塊錢我就走人，你如果不給我錢我就把電視給你摔掉！」

「你摔啊！我有錢賠給賓館就是沒錢給你！」W突然任性得像一個孩子。

黑領小夥惱羞成怒，他高高地抱著電視想摔下去，似乎又不敢摔下去。此時他的頭腦清醒地知道，不能弄出太大的響聲，不然保安上樓來就麻煩了。黑領小夥子為了讓自己的目的達到，就把電視機抱到洗澡間，放進盆池然後打開冷暖兩個水龍頭。

水嘩嘩地響著，W臉上痛苦的表情在扭曲著。

「你到底給不給我錢？如果不給，我會把房間裡所有的東西都毀掉！」

「你毀吧！你全部給毀掉吧！我就是不給你錢！」W悲憤地說，他把插進口袋裡的手中的已經拿到的幾百塊錢，又放了回去。他不是個守財奴，更不會吝惜這幾百塊錢，他只是不能接受這個小夥子的這種行為。

如果這個黑領小夥子能夠再次把滾燙的感激的情淚滴到W幾乎快要麻木的肉體上，W被埋葬了的愛就會再次復活，他也許會放棄名利，放棄出最新的那張沾滿商品味的唱片，和兄弟一樣親的黑領小夥子一起去一個美麗的地方共同生活一輩子。

W永遠都不會忘記，曾有一個讓他永遠感激的黑領兄弟，而他為了名利，為了順應主流或一種虛假的人生，他永遠失去了那個有著滾燙情淚有著感激情淚的兄弟。

黑領小夥子走了，這個MB小夥子走了，他帶著一顆對富人仇恨同時又失望的心走進了雨中，繼續他變態的扭曲的疼痛的灰暗的見不得陽光的生活。

當W走進公園的公廁那一刻，黑領小夥子就對上帝祈禱：讓魚上鉤吧！黑領小夥子故意在獵物面前亮出自己肥大的不停勃起不停抖動著的肉，讓並不完美的人自身有漏洞的人生理飢餓的人流下發黏的口水。當W帶著他走進海鮮酒店時，他的眼睛一下子花了，很久很久就空著肚子的他看著金碧輝煌的大廳，發呆了，他經歷過各種苦難的兩腿卻在發顫，他幾次都不敢坐下，更不敢去碰那個印刷精緻的菜譜。他喜歡吃肉，他以為W會請他吃豬肉或雞肉也或吃狗肉驢肉，他作夢都沒有想過要去吃幾千塊錢一桌的飯菜，當他努力拿穩筷子並吃著陌生的肉時，他卻在想：如果W把這頓飯錢送給他，他一定會很感激W，他願意和W一起去吃大排檔。當W帶著他走進五星級賓館的豪華包房時，他的頭真的暈了，不是因為喝了高檔次的酒，當他問W住一晚多少錢時，W的回答讓他心痛，這一晚的住宿費可以讓他在鄉下蓋一間寬大的房子。後來，他努力和W肛交，他努力讓W舒服快樂，他想用自己營養不良的肉體換到幾百塊錢，他一開始只想到一百塊錢，他知道W很富有時就想多要一點錢，如果W給他五千塊錢，讓他叫一聲爹他也願意。而W沒有讓他叫他爹，W在高潮時卻去叫他老公。他的精神不需要滿足，因為他還從來沒有渴望得到精神財富，他只能是一個物質主義者，他深深知道飢餓會讓一個人喪失生命，他無比懷疑地希望他自身的精子更應該比種豬的精子多值幾塊錢或幾百塊錢。

他失望了，因為他是黑領，他沒有一技之長，沒有受過合格的教育，他在鄉下種地注定只能滿足溫飽，他有理想，他的理想就是天天能吃上肉。他所以就有了夢想，他夢想自己有錢後去學一門手藝，他已經想好去學廚師這門手藝，因為他喜歡吃肉，他羨慕廚師是因為他們可以天天拿著刀切很香很香的肉，還可以一邊切肉一邊偷偷地放進自己嘴裡一小塊肉。他漂過幾個城市，也曾賣過苦力，當他知道自身的資本就剩下一根堅硬的肉時，他進入另類的世界，並開始經營自己的肉。他從W的五星級賓館裡走出來，內心又愧又疚又恥又悲又痛，他再次感受到自己是這個世上最醜陋的人，也是多餘的人。他後悔不該遇到W，他在雨中搖搖晃晃地走著，他突然蹲下，大口大口地嘔吐肚子裡還沒有完全消化掉的變質的肉。

五星級賓館外在下雨，三星級賓館外在下雨，低矮的小平房外下著雨，這個城市到處是在下著雨，而雨怎麼洗也洗不乾淨人的心靈上的汙點。

W的新唱片又出版了，他化過妝的臉上是麻木的笑，他像野獸尖叫著走向了舞台。台下響起一陣陣迷亂的掌聲。

二〇〇三年三月二十五日，北京楊閘

孤獨的守望者

這一大片廢墟終於被推平了，推土機離開後的大半年裡，來了一群受雇的民工，他們用一雙雙粗糙的大手勞動；讓樹苗長在指定的坑內，讓花木長得規規矩矩，讓草長得老老實實並和壓在身上的雕刻過的石頭保持和諧。一切植物安排就緒後，就給它們大口大口地喝地下水。

春天到了該來的時候就來了，有了這一片掙扎出來的綠，就有人給它起名叫：公園。叫什麼公園呢？這是一片長長的順從一條公路緊貼著一條河形成的公園，有人叫它「濱河公園」——呵！還「濱河公園」呢？這一條河也不能叫它河，和一條臭水溝沒什麼不同。

這一切的一切和你有什麼關係呢？

你叫小李子，你是無業流浪的小李子，現在正走在這個人影稀少的公園裡。

「年輕人，出門走一走，總會碰上機遇的！」

有人這麼說。

公交車上擠滿了人，沒有一個人是你的親人，沒有一個人可以成為朋友嗎？你夾在人群中，呼吸著別人剛剛吐出來的廢空氣，——汗臭味和屁味！這個城市是否已經人滿為患？為何你還是感覺自己極端地孤獨！你看著售票員，你想禮貌地和她打招呼：姊姊，你辛苦了！……姊姊，人老珠黃的姊姊，你一個月多少工資啊？如果工資少不如再換一份輕鬆一點的工作?!

一張英俊的面孔閃現在你的視線裡，啊！你的視線被面前的討厭的人影切成一塊塊，你左拼一塊右拼一塊，好不容易才把靠在車門位置的年輕人看清楚——他長得真帥啊！你和他相距也就五步遠的距離，為何在人群中感覺是那麼地遠？

車停下，有人擠下去，有人拼命地擠上來。

這個你想靠近的帥哥越來越近了！還隔著兩個人，你看他的表情看得更清楚了。為何他一臉的憂鬱？一臉想讓你親吻擁抱的憂鬱！

車子慢慢地爬，車子像蝸牛一樣慢慢地爬。

他下了車，你也下了車。他下車後，突然瞟了你一眼，似乎感覺到你的眼神有什麼不對勁？他又似乎什麼也沒有去想，轉身向另一個方向走去。他是有方向的人？他是有目的的人？而你此時此刻沒有方向也沒有目的！

你傻傻地站著發愣時，被剛擠下車急著趕路的人撞了一下，你似乎聽到有人說了一聲：對不起！你開始移動腳步，還是不知道該去什麼地方打發自己沒有任何價值的時間！你看了看自己的藍屏手機，沒有未接電話也沒有短信。

你自言自語地哼了一聲：「為何老張頭還不給我打電話？」

你是老張頭手下的群眾演員，你拍了十年電影，也記不清自己到底做過多少部影視劇的群眾演員，在這漫長的又好像一眨眼就過去的十年裡，你一直沒有機會說過一句台詞，或發過一聲言論。你記得自己曾經扮演過的角色有：大臣、太監、警察、士兵、小商販、過路人、小妖、小鬼、僵屍、假死人……你自我感覺自己很有天賦，無論演什麼就像什麼！而你最喜歡演的是假死人——不用說一句話，拿到的錢也多！

「如果他現在還沒有工作，我可以介紹他到老張頭那兒報到！」你一想到這，馬上去追人海中正被淹沒的憂鬱的小夥子。

你跑了一頭的汗，最後還是沒有看到他的影子。

你此時感到口乾得厲害，嗓子很不舒服。你看到地鐵站旁邊有一家超市，就走了進去。你看著貨架上的種類繁多的瓶裝水，不知是要純淨水更衛生還是要礦泉水更營養？你正在猶豫時，驚喜地看到了他——小帥哥，和你曾擠過一輛公交車的小帥哥，他此時順手拿起一瓶水轉身走了，他似乎已經忘記了你。你自我多情地看著他拿著水離去的背影，慌忙從空出來的一個瓶子的位置旁邊又拿走了一瓶，你看了一眼兩個空出的瓶子的位置，就像有一對情人剛剛離去，你滿意地走開了。

付錢時，你想，如果他忘記帶錢就好了！你可以替他付錢，然後你就有機會成為他的朋友！結果，你看著他拿出自己的錢包，從一沓鈔票中抽出一張小面值的快速付了錢轉身離去了。啊！多看他一眼就不行嗎？——如果他沒有帶零錢多好啊！營業員就會拿著一張面值百元的鈔票拼命地找零錢——找啊找啊找啊……找了半天也還是找不開！你開心地看了秀色可餐的小夥子半天——最後還是你開心地微笑著替他付了一瓶水錢！你正在胡思亂想時，那個小夥子已經走遠了，你慌忙去追！

「喂，先生——請慢走，找回的錢請拿走！」

從你的背後傳來一個女人的聲音——營業員的聲音，和你相關的聲音，你停下腳步，失魂落魄，你強行自己回到理性狀態，然後禮貌地拿走那些改變不了你的生活的皺巴巴的鈔票。

喝過水，你感覺更渴；喝完水，你感覺整個世界都在乾渴！

為何在這個乾渴的世界裡，遇不上一個可以接吻的朋友？

你又開始沒有目的也沒有任何企圖又好像有各種目的和各種企圖地滿街晃晃悠悠。一張又一張陌生的臉，像海水一樣，他們相互被淹沒在海水中。你感覺自己就像一艘小船，不，也許不是小船僅僅是一片樹葉，漂啊漂！漂啊漂……

餓了，去小一點的飯店把肚子吃飽。

你吃完飯，就順著那條和河齊名的臭水溝散步。你看到電線桿上和地板磚上是一小塊又一小塊的新廣告，這些大多都是出租房、辦假證和招男女公關的小廣告。

臭水溝好像改良了許多，兩岸又是整修又是打掃，死水的顏色也耐看多了，再加上樹的影子和藍天白雲的臉面映照著……呵！真像一條躺在文明城市裡的度假河！

你走著走著，感覺這個夏季很無聊，感覺頭頂的太陽很多餘，同時也感覺到自己也是多餘的一個人。

真想找一片乾淨的陰影地躺下好好睡一覺，你開始在這個濱河公園裡尋找。啊！找人影稀少的角落，找沒人打擾的角落，找可以作夢的角落睡一覺很不錯啊！

在一片不知道名字的樹叢下，你看見了一個人正躺在草地上美美地睡大覺，他的臉在最裡面，被樹叢的層層陰影遮蓋著看不清，他躺下的體形很孤獨。

你換了一個位置，又換了一個角度，啊！看清這個睡大覺人的臉了。

你輕輕地走了過去，偷偷驗收窺視他的靈魂之外在的東西是美還是醜？啊！他閉上眼睛的面孔是那麼熟悉，就好像是前世的戀人！你想了又想——好像在什麼地方見過？你突然注意到他的身邊站著一個熟悉的純淨水瓶子，啊！是他！——你想起來了，他就是和你曾經擠過一輛公交車的憂鬱的小夥子，長著一張秀色可餐的臉蛋的小夥子，和自己同去過一家超市同買一個牌子的純淨水的小夥子！

你悄悄地坐下，和他呼吸一棵樹下的空氣。你很快起身，感覺距離他是不是太近了？

「如果他突然被驚醒，他會不會討厭我？他會不會認出我是在跟蹤他——啊！他可能還會懷疑我有什麼壞的企圖?!不，不！」

你開始向後退，輕輕地退，再輕輕地退，不帶動一絲風聲。你選擇在一棵低矮的小樹旁棲下自己的欲望。

距離有點遠了，如果再近點就好了！你接著又得寸進尺般移動自己。

你隔著另一棵小樹的嫩綠的枝葉去偷窺那個熟睡中的小夥子，他已經進入了夢鄉，他臉上的沉重的憂鬱正慢慢舒展開去，他臉上慢慢出現一絲絲的微笑……

你一點點地移動著自己的位置，頭頂的太陽也正一點點地移動著軌跡。

「啊！小帥哥，你為什麼長得像一顆水果一樣誘人？」

你看著他的一隻手放在自己的小腹上，手指細白乾淨;他的另一隻手輕輕地放在柔軟的草莖上，讓草都能感到接近他的細白柔軟的手是一種美好的享受。他的手做出的飯一定會讓你的胃口更大，他的手如果能按摩到你的身上，你一定會幸福地暈死過去。

你越看越喜歡他！

「不顧一切撲上去，脫掉他藍藍的牛仔褲，脫掉他黑黑的短袖體恤衫（T恤），脫掉他大腳丫子上的運動鞋……啊！像狼又像狗一樣去舔他的黃豆大小的紅褐色的小乳頭，然後去舔他的有著濃濃體味的腋窩，再接著去舔他的雪白的肚皮和半圓半閉的肚臍眼……然後再接著往下舔往下舔……他的粉紅色的花骨朵一樣的器官在親吻中不停地顫抖不停地膨脹不停地痙攣……」

你勾畫的場面比戰場還要激烈，你渾身燃燒了起來，你在臆想中在幻覺中自我焚燒著殘破的孤獨的陰暗的疼痛的扭曲的變態的無奈的靈魂。

「或許，他突然醒過來，用憤怒的拳頭揍我，不停地揍我，就像一個性虐狂一樣折磨我的下賤的肉身，啊！他打完我之後，然後用硬硬的陽具插我的肛門……一直插到我又哭又叫時還不放手……」

你噝了一下流在嘴角的口水，繼續去快慰地臆想。

「為什麼導演不讓我演被雞姦者的痛苦?!這種現象在現實的監獄中時常發生啊！我一定會演得很出色——讓主角讓配角讓群眾演員讓觀眾讓所有人的所有的壓抑都能從我痛苦掙扎不停尖叫的肉體中釋放出來。」

你恍惚中看到鮮紅的血正從你的肛門裡奔湧而出，順著你的大腿汩汩地流到草地上。

一陣風吹過來，樹枝樹葉一起搖擺。

你把目光從沉睡中的小夥子身上轉移開，拿出手機撥響了老張頭的電話。

「喂，張哥好！」

「喂，小李子，你有什麼事？」

「張哥，我已經閒等了半個月！我什麼時候……」

「你再等一等，我正在和一位導演談，一有適合你的角色，我馬上通知你！」

你掛掉電話時，突然後悔，——真不該大聲說話，這樣會吵醒你的「心肝寶貝」！你幾乎是帶著歉意的表情再去偷窺他——啊！感謝他還沒有醒，他還是一絲不動地睡著，似乎已經忘掉了這個世界。

「怎麼可能睡得這麼死?!」你的心嘰咕：「睡得像一頭豬！」

你站了起來，看了看時間，已經是下午三點五十八分。

你彈了彈沾在褲子上的碎草葉，直起身子去看他，然後圍繞著他睡的這一片草地樹叢轉了一圈。你想走過去，喚醒他，和他好好聊聊，問他有沒有女朋友？他如果說有，你就去祝福他；他如果說還沒有女朋友，甚至一個同性朋友也沒有，你就會用溫柔和坦誠和雙手握住他的手，然後告訴他：同性也是可以相愛的！

你圍繞著他睡的這一片草地樹叢又轉了一圈。

「小哥哥，你怎麼還不醒啊？你可知道我很想和你談戀愛！」

你輕輕地從舌頭底下抽出這句含在口裡很久了的文字。

他還是一動不動地躺著，他的黑體恤衫被一陣風吹動了，露出一小塊白嫩的肌膚。

你還是輕輕地走了過去，慢慢地跪下，一隻手小心翼翼地摸了一下他的腳，隔著鞋子沒有感覺，你接著往上摸，啊！摸到了他牛仔褲腿處的腿毛，細細的，性感的腿毛，越摸越想摸的腿毛……啊！他的腿好涼！

「啊！——快來人啊！」

你突然尖叫一聲，從草地上彈跳了起來。

這個理想中的戀人已經死了，他此時是如此地陌生和恐怖！

這個不是公園又像是公園的地方此時沒有一個人聽到你的喊叫，你不再喊叫了，平靜下心，平穩下動盪不停的心跳，用一雙同情的眼睛關注著草地上的屍體。啊！他一點也不噁心，他就像睡熟了的嬰兒！

那一個裝純淨水的瓶子孤零零地站著，裡面還有小半瓶的水，映出草葉的綠。

你想起最近看到的一期報紙的頭版這樣報導：為何中國的青少年自殺率偏高……

「啊！他一定是自殺！一定是吃了無痛苦的安眠藥死的！——他媽的，你長得這麼年輕又這麼帥還要自殺，像我這種社會人渣怎麼活啊？」

你自言自語地說自言自語地罵，只有樹木、草地和石頭在聽你訴說，你越說越悲哀，接著就抽噎著流淚水，你不停地哭，心裡清楚這不是演「假死人」和哭「假死人」的戲，你此刻不再是娛樂別人生活的群眾演員，你不再是沒有一句台詞的群眾演員，你一邊哭泣一邊訴說著自己的孤寂和悲哀！

這個世界還是空蕩蕩的，從遠處的人海中傳不過來一聲真切的回聲。

你突然笑了，你認為自己看到的一切都不是真的，這只不過是自己在作夢！

你等著你的這個夢快點結束。

你再次確定這又不是夢，比如，自己打自己一個耳光，臉感覺到又羞恥又疼痛。

而他還是死了，他自殺前也許並沒有因為錯過結交你這個另類朋友，而感到遺憾！他選擇了另一條道路，這條道路雖然曾經有很多人選擇過並去走過，而他的靈魂此刻漂到了哪兒？只有他自己的靈魂知道。

「我的兄弟，你是失戀嗎？你是厭世嗎？你是為什麼……」

你的淚水落在草地上，你的悲傷被樹叢越來越暗的陰暗層層覆蓋，你的心冷得發抖，你站了起來，像逃一樣離開了躺在樹叢下的屍體。

你跑到河邊時，撥響了一一〇電話。

「喂，是警察同志嗎？我這邊的草地上死了一個小夥子，一個長得很帥的小夥子，他不但長得很帥也很年輕……他，他，……」

電話突然斷了。

你有些疑惑不解：「為什麼警察不等我把話說完呢？我還沒有告訴他們具體的出事位置呢！」

你有些氣憤，你更加感到悲哀，同時又被一種冷漠的力量驅使著你快點離開這兒。

你不想再管這件事了！

「他的死和我有什麼關係？我又不認識他！我為什麼要多管閒事呢？難道僅僅是因為我曾經在幻想中和他發生了一次性愛嗎？」

如果再接著去幻想，就等於在姦屍！

「啊！我的媽媽，這個世界真可怕！」

你轉身走了，去人群多的地方擁擠吧！很快，你心裡的恐懼感被擠丟得一點也不剩。

「這麼多和自己無關的陌生人煩死了！」

你在人海中想哭無淚。

「有一個愛人該多好啊！即使我擁有的只是他冰冷的屍體！我可以放聲哭泣，大聲地哭泣！」

而人山人海中，你欲哭無淚，也不知道自己是誰。

啊！

「啊！也許，是警察懷疑我打騷擾電話吧 ?! 我曾在電話裡說，這兒死了一個很帥很帥的小夥子！人已經死了，他還能帥嗎？從來沒有人這麼稱讚一具死屍，說他也或是它長得很帥！我的腦子一定不正常，正常人怎麼會遇上這種事又說出這些連鬼都不相信的話呢？」

你在人海中繼續被淹沒。

「啊！不，我還要去看看，他死得太可憐了！身邊沒有一個親人朋友知道！」

你匆匆忙忙，加快腳步向濱河邊的非公園趕去。

你趕路時，天正慢慢接近黃昏。

你突然回想起生養你的那個村莊，曾有一個孤獨的老太太一個人死在了家裡，等有人發現時，她的一隻耳朵和鼻子已經被老鼠啃掉了。

「啊！我可憐的兄弟！我們雖然沒有一點關係，但我一定會守護好你的屍體完整，不讓老鼠或其他野獸傷害到你！」

你的電話突然響了。

「喂，你是誰？你是誰？你是誰？」

「小李子，你怎麼不記得我的聲音了？你以前一接電話就能聽出我是誰啊？」

「喂，對不起，我現在的心情很亂很亂，我真得想不起來你是誰了啊？」
「他媽的，你今天剛和我通過電話就不知道我是誰了?!——你可真會演戲啊！」
「哦！你是張哥啊！對不起，對不起，對不起……」
「你少說廢話，我現在通知你馬上來我這兒報到，派你去外地演電視劇！」
你一陣驚喜，隨後一憂，說：「啊！對不起張哥，我現在正有事情要做，等我做完後再給你聯繫吧！」
你等對方掛掉電話後，有些後悔，你知道自己從此就錯過了這次掙錢的機會，這次你等了許多天的機會！
「啊！我他媽的真傻逼！我為什麼放棄自己正兒八經的事不做？我為什麼反反覆覆圍繞著這個死人轉？他媽的！他媽的！他媽的……」
你用腳狠狠地踢著地上的一個空空的飲料瓶，這時，一個撿破爛的老頭皮笑肉不笑地走過來，彎腰撿走了你腳下的變形了的瓶子。
天慢慢地暗下來，遠處的路燈一盞接一盞地亮了，沒有一盞燈能帶給你溫暖和希望。
你就像和夢中情人約會那樣，快步走進了樹叢。啊！你牽掛著的人還是一絲沒動地躺在草地上。你突然發現他身邊的那個純淨水瓶子不見了，裡面好像還有沒喝完的水，不可能被風吹走，你想？啊！很可能是一個撿破爛的撿走了?!
「唉！我可憐的兄弟，你死後可以什麼都不在乎了！」
你在他的身邊蹲下，再次憐憫地伸出手摸了摸他的臉，你感覺自己的手很冷，你感覺你摸到的不是人的臉而是一塊冰。

晚見陣陣吹過來。你再次撥響了一一〇，真誠地向他們訴求，希望他們能夠相信你的人話，能夠早一點來……

你掛掉了電話，用一顆不再年輕的心在漫漫的黑夜裡祈禱。

二〇〇七年二月二日，北京楊閘

午夜C男

天色漸漸黑了下來，路燈循規蹈矩地亮起來，有樹影在有意無意中搖曳，辨明方向的車子走勢如魚。陳果先生下了公交車，他一身中性的服裝，他的頭髮和腳上的皮靴相互競爭般地油亮。他快步走進了C公園，然後放慢腳步，自我感覺良好地散著方步。

大版面的黑影中，有游動著的人影穿過樹叢，高頻率的回眸，讓他的心臟跳動加快。他是年近八十歲的孤獨老頭，他有著滿頭的白髮和一雙孩子般弱勢的眼睛。他期待被愛，期待年輕的同類關注他，他乘著一路燈光而來，選擇花影中停留顧盼。他慈眉善目，他有柔情似水的目光，他有自我安慰的一顆心，在孤寂中支撐著一個老人的世界。

陳果先生像遇見了神仙，他借著不遠處的燈光窺視，他又驚又喜又怕又不忍心走開。直到他的目光和老頭的目光交織到一起。

「老爺子，你是一個人來的？」

「呵呵……我是一個人來的，你不也是一個人嗎？」

陳果先生感受到老頭溫和的語氣，就大膽地走前了兩步，心中還有點疑慮：會不會誤會呢？還是作好心裡準備，去試探一下吧！他從口袋裡掏出手機看了看時間，知道老婆這個時候還不會回家，女兒此刻可能正在寫作業。

兩個人在灰暗中，在斑駁的燈光中，找到一塊匍匐在地的石頭坐上。

「年齡大了，沒人喜歡了啊！」老頭看著陳果先生，有些悲淒地說。

「看見你，我就想起了我的姥爺，他和你一樣的白髮，一樣的身高，一樣的慈眉善目。」陳果先生接著說：「我是被姥爺帶大的，我非常愛我的姥爺，他從沒有打過我罵過我，我做錯了什麼事他都會替我承擔……我的姥爺在我上中學的時候去世了。」

老頭聽著聽著，呵呵地裂開嘴笑，露出滿口潔白的假牙。他伸出姥爺一樣的手，在陳果先生的肩上輕輕地拍了拍問：

「小夥子今年多大了啊？結婚了嗎？」

「老爺子，我今年四十歲，結過婚了，還有一個女兒，現在她正在家寫作業呢！」

「哦！好孩子，呵呵……你做什麼工作啊？你養著你媳婦還是你媳婦自己也上班？」

「我在一家私立學校教音樂，我的媳婦在一家珠寶店做促銷員。」

「哦！呵呵……」

老頭的手迷戀著撫摸著面前的陳果先生。陳果先生身子慢慢傾斜，慢慢貼到老頭的懷裡，他似乎又回到了童年，被姥爺那雙枯瘦的仁慈的大手傳遞著無人能更改的愛。

他一直懷疑自己並沒有長大，還是一個孩子，一個夢想停留在童年期的孩子。他一直深深地憂鬱，深深地懷念那個飄雪的鄉村，他躺在姥爺寬大的懷抱裡取暖，聽姥爺講狼和羊的故事，吃姥爺烤的熱紅薯……他趁著姥爺睡著的時候，偷偷摸了姥爺的生殖器！他為此興奮快樂了一個童年。那是一個毛毛蟲可以變成蝴蝶的童年，那是一個蜘蛛能織網的童年，那是一個壁虎斷掉尾巴還能再長出尾巴的童年……他光著小腳丫走在姥爺身邊，遠處是無盡的一塵不染的綠野，他們的身邊是白雲一樣的羊群！啊！已逝的童年，我多想你再回來……他用手中的吉他彈撥著童年的雨……他最後卻回到城市，回到陌生的人群中，他很快有了工作，很快和一個並不愛的女人結了婚……

「你家裡現在不方便啊！我家裡也不方便！呵呵……」老頭的話打斷了陳果先生的情感回憶：「我們去別的地方轉轉？」

陳果先生首先站了起來，他緊緊攙扶好老頭：「走，老爺子，我們去別處轉轉。」兩個衣裝鮮豔奪目的男孩子手拉著手，嘻嘻哈哈地笑著迎面走了過來。他們衝著老頭和陳果先生做了一個鬼臉，故意誇張地扭動著屁股跑開了。

天上有星星在眨眼睛，草地上滾動著露珠兒。兩個相互有意思的人，站在燈光處尋找一片可以藏身的黑暗。

「老爺子，你慢走，小心滑倒。」陳果先生用手緊抓住老頭的手，他怕老頭突然摔倒，他更怕老頭突然消失。陳果先生只想就這樣慢慢地走下去，永遠牽著姥爺的手走下去。

陳果先生想到自己的姥爺已經去世二十八年了，他多麼希望姥爺能夠活到現在啊！他關切地問手中的老頭：「老爺子，你身體好嗎？」

「我的身體很好，手，胳膊、腿和腳都沒有毛病，還能騎自行車呢！」

「哇！老爺子你還能騎自行車，不簡單啊！」

「呵呵……家裡人不讓我騎，他們怕我摔著，他們把我的自行車給我鎖上，總不讓我騎。我今晚上是坐公交車來的。」

「是啊！老爺子還是少騎自行車為好，要多注意安全！平時可以多來公園散散步鍛鍊身體！」

「我一直鍛鍊著呢！我的身體一直很好，就是心臟不太好！也不是什麼大毛病，醫生說少吃肉不抽菸不喝酒不生氣就能長壽！」

「是啊！少吃肉不喝酒不抽菸不喝酒不生氣老爺子一定能活到九十歲！」

「我今年已經八十歲了，我可不想再活十年就死，我還準備活到一百多歲呢！」

「啊！是啊！老爺子的身體這麼好，是我剛才說錯了啊！老爺子不要生氣！老爺子一定能活到一百多歲！」

「呵呵……我不生氣，什麼事我都能看開想開，別人說我什麼我都不生氣！前兩天我來公園，遇見一個不懂事的小夥子，他說：『白毛老頭，你怎麼這麼老了還來搞同性戀?!』你說說，每個人都有老的時候！他要是老了待在家裡不出來玩能憋得住？」

「老爺子不要理這種不懂事的小青年，他們老後不一定有老爺子這麼精神這麼漂亮！」

「呵呵……你這孩子真會說話，我還漂亮？都已經八十歲了啊！」

「你漂亮！你漂亮！老爺子你真的漂亮！——最美還是夕陽紅啊！」

「呵呵……」

「我看見老爺子就會想起我的姥爺，我真想和老爺子天天在一起……」

「呵呵呵呵……」

「老爺子，我越看你越喜歡你！」

「呵呵呵呵呵呵……」

從夜的遠處吹來一陣陣涼風，很快吸乾淨額頭的汗水。在重複的樹叢陰影中轉了一圈的人影，繼續遊走。

陳果先生牽著老頭的手走近一面墨綠色的牆，這是免費公園裡的一個收費的植物園，裡面種植著一些奇花異草，因為長期沒有遊客花錢去光顧，幾乎已經荒掉了。時常有偷情的男女扒開松樹和柵欄共同築成的牆，進裡面偷歡。陳果先生和老頭看著一個個牆洞，相互對視一下，都有點膽怯，不敢鑽進去。

他們在牆洞外的石凳上坐下繼續聊天。有單身的女子從他們身邊飄過，有單身的男子從他們身邊飄過，偶爾有保安提著警棍一閃而過。

「我們鑽不鑽進去玩？我真有點怕啊！」老頭說。

「再等一等，等沒有人的時候，我們就鑽進去。」陳果先生還是緊緊地抓著老頭的手。

「你以前鑽進去過嗎？裡面都有些什麼？裡面有地方可以玩嗎？」

「我以前鑽進去過一次，裡面全是樹和雜草，在裡面怎麼玩外邊的人都不會看到！」

「你喜歡怎麼玩？你以前和老頭玩過嗎？」

「我怎麼玩都行，儘量先滿足老爺子！我以前曾和三個老頭玩過好過，他們和老爺子一樣——慈眉善目滿頭白髮！我這人真怪，黑頭髮灰頭髮的老頭我就不喜歡，一半黑一半白的老頭我也不喜歡，我偏偏喜歡頭髮和鬍子全白的老頭！啊！我一看見白頭髮的老頭我就激動，我就想抱一抱他，在他懷裡撒嬌。我在公園裡遇上的第一個白髮老頭，他帶我去他家玩，他家還養了一隻很可愛的小狗；我們脫掉衣服洗澡，然後玩……我很喜歡這個老頭，可是沒過半年他就死了啊！我又在公園裡找啊找啊，找了三年，在公園裡遇上了第二個白髮老頭，他喜歡養花草，我曾送給他兩盆花：一盆杜娟一盆三月菊。我們一起躺在床上，整夜整夜地快活！可是，還沒有過三個月，也不知他得的什麼病就死了。我快要傷心死了，我哭了一場又一場，為什麼我愛的人那麼短命？我幾乎快要絕望的時候，又遇上了一個撿破爛的老頭，他的頭髮呀和我姥爺的一樣白，他的個頭啊和我姥爺一樣高，他的笑容，他走路的姿勢以及他的咳喘聲都和我的姥爺一個樣！我真是愛死他了啊！我一看到他就想把他帶回家，給他吃給他喝養他一輩子！那幾天，剛好我的老婆和女兒不在家，我就請撿破爛的老頭到我家，我請他喝我的學生家長送給我的茅台酒，這個老頭太可憐了，他窮苦了一輩子，也沒有喝過什麼酒，結果就喝醉了，我讓他在我家過夜，他說他身上太髒，他說什麼也不願在我家過夜！他哭著說他回自己的住處，他卻不告訴我他在什麼地方住，也不讓我送他，他是一個怪老頭，也只有他的脾氣和我的姥爺不一樣……」

「後來呢？」老頭睜大了眼睛，憧憬著一個美麗的故事結局。

陳果停頓了一下，聲音有些哽咽：「我真後悔不該放他走啊！他喝醉了！他從立交橋上摔了下來……也有人說是他自己跳下來的！」

「你不要難過啊！你的心真好，你是一個好孩子！等我的家裡方便的時候，我一定帶你到我家來玩，我給你燉排骨湯喝！」

陳果先生眼裡的淒怨很快收斂去，他像個孩子似地把腦袋鑽到老頭的臂彎裡。

老頭一遍遍地撫摸著他的腦袋，說：「我年輕的時候，長得也像你一樣漂亮可愛！我當過兵，在部隊裡做文藝宣傳演出的時候，化妝成花旦演唱……一唱就是半夜，唉呀！你知道麼！我在後台換衣服時，我的連長一下子就把我抱進了懷裡，他要和我來那個，我不願意，他就抱著我不放手……我後來就和我的連長做了那事！我後來就喜歡上了我的連長！我後來就忘不掉這種事！」

……

陳果先生再次拿出手機看了看時間，說：「老爺子，不早了，末班車……」

老頭緊抓住陳果先生的手，用眼睛指了指松樹柵欄牆的洞說：「我們現在鑽不鑽進去？」

陳果先生走過去，把腦袋伸進去探視一遍，裡面是一片樹叢的黑暗。陳果先生首先鑽了進去，老頭緊跟著鑽了進去。

「要是有人問我們來這裡幹什麼，我們怎麼說？」老頭壓低聲音，嘴巴貼在陳果先生的耳邊問。

「我們就說找不到廁所，來這裡方便一下！」陳果先生說完，就把嘴巴貼上了老頭的嘴巴，兩個人擁抱著親吻。

「嗯，嗯……我喜歡死你了！」

「小點聲，別讓別人聽到。」

「嗯，嗯……我愛你我愛你我愛你！」

「小點聲，我有點害怕……會不會有人來?!」

兩個人牽著手，鑽進一堆低矮的樹叢裡，裡面一片漆黑，腳下是一片雜草。從裡面往外看，看到的是一片灰白的光線和光線下的神祕的黑暗。他們不知道那數不清的黑暗角落裡是否藏有人。

「你喜歡怎麼玩？」老頭止不住地緊張，聲音像蚊子一樣大小。

「怎麼玩都行，老爺子喜歡怎麼玩就怎麼玩。」陳果先生柔情如水。

老頭顫抖著手，解開了褲子。

「老爺子，你後面行嗎？」

「行。」

「要是怕疼就算了。」

「不怕疼。」

「我慢慢來，要是疼你就說一聲。」

「不疼，不疼，真得不疼……」

「我還是怕你疼！」

「不疼，不疼……」

「我叫你姥爺可以嗎？」

「可以，你隨便叫我啥都行。」

「姥爺，姥爺，我愛你……你不要離開我，你永遠不要離開我！」

突然，從遠處掃射過來手電筒的柱形亮光，緊接著是一陣腳步的急跑聲。探尋的燈光從他們藏身的樹叢掃射而過。老頭的身子在不停地抖動下墜，陳果先生抱著他的雙肩壓倒下去，他們的身體還合在一起，也就是在這個又驚又怕的時刻，陳果先生開始了早洩。

「裡面的人給我出來！裡面的人給我快出來！」一個警察粗壯的聲音在叫。

「裡面的兩個人快給我滾出來！」另一個警察粗壯的聲音在叫。

老頭絲毫不動，陳果怕得出了一身冷汗，他不知後果會是怎樣？他想這下可完了！他一定會身敗名裂的……陳果先生聽著外邊刺耳的呼叫聲，他的心在哭泣，他後悔不該鑽到這個樹叢裡來。此時，他所愛的老頭光著屁股，而他的衣冠也不整，如果說鑽到這裡面只是方便一下恐怕連鬼也不會相信。他想馬上穿上褲子，不能讓警察看到他們現在的樣子，他又怕弄出響聲，他的心在祈禱：不要發現我們不要發現我們……他明明聽到警察在說：裡面的兩個人快給我滾出來！警察已經知道我們在做什麼了啊！

「裡面的兩個人，再不主動出來我們拉出就打！」

身邊響起一陣樹枝折斷的響聲，緊接著有一男一女披頭散髮地鑽了出來，灰白的光線下，是哀傷的表情。

「跟我們走！」一個警察命令。

中年男子畏縮著，年輕女子畏縮著，他們自我悲嘆一聲，想掙扎卻又不敢掙扎，想逃跑卻又沒有機會逃跑，他們像兩隻等待被宰殺的羊，被兩名得意洋洋的警察押著，然後一個個鑽出牆洞。

陳果先生一陣狂喜，啊！謝天謝地，警察不是抓我們的，警察原來是抓妓女和嫖客的。陳果此刻感激上帝真是太公平了！他慢慢爬起來，提上褲子，鑽出藏身黑暗的樹叢，面對此刻布滿烏雲的天空，深深地鞠躬表示感謝。

「姥爺，沒事了，你快出來吧！」陳果等待了一會兒，聽不到一點動靜，他著急了，就重新鑽進去，他的一隻手很快摸到老頭冰涼的屁股：「老爺子，你快穿上褲子，警察已經走遠了。」

一陣強烈的恐懼感突然俘虜了他，他使勁搬翻，連拉帶拽拖出老頭深重的身體。老頭睜著凸起的眼睛，嘴巴歪斜假牙變形錯位……啊！他死了！

陳果先生的眼裡湧出了淚水，他的心痛得幾乎要碎裂。他望著堆滿烏雲的天空，剛剛還對它感激不盡啊！他看著地上躺著的屍體，不知道該如何是好。這個像姥爺一樣的老頭就這樣死了？為什麼？為什麼啊？他不甘心地用手摸了摸老頭的鼻子，他期待有一點呼喚感應，那一絲絲的感應。而他的快要崩潰的神經告訴他：這個老頭死了！他一定是心臟病發作而死的，他還記得老頭不久前對他說：「我的身體很好，手，胳膊、腿和腳都沒有毛病，還能騎自行車呢！……我一直鍛鍊著呢！我的身體一直很好，就是心臟不太好！也不是什麼大毛病，醫生說少吃肉不抽菸不喝酒不生氣就能長壽！」

「老爺子，你為什麼要死啊！你不是說你少吃肉不抽菸不喝酒不生氣就能長壽嗎？老爺子啊老爺子，你可知道我自從看到你的那一刻起就把你當作我的姥爺，當作我的最親的親人！可你為什麼不說一聲就死了啊！都怪那兩個警察來抓人……都怪那一對妓女和嫖客……都怪我不該帶你鑽牆洞……」

陳果先生的哽咽突然卡在喉嚨管裡，他感到渾身冷得發抖，不！不！我得馬上離開這裡，要是警察再返回來，我可就完了！陳果先生馬上站了起來，加快腳步往外走，他輕輕鑽出頭向牆洞外邊看，空寂無聲，也沒有一個人的影兒。我不能就這樣走了，也許老爺子還沒有死，他只是暈過去了，他還會醒過來……陳果先生飛快地跑了回去，他看著老頭還沒有提上的褲子，就幫他提了上去。可是老頭的身子在變涼，不行，我得打電話報警！陳果先生慌忙從口袋裡掏出手機，他正想撥一一〇時，突然意識到不能撥一一〇，應該撥醫院裡的急救電話！他卻又突然停下了，他懷疑這個老頭已經死了，即使現在沒有死透送到醫院時也很有可能會死掉！如果送到醫院後死掉，醫生一定會檢驗屍體……啊！他們一定會檢查到這個老頭的大腸子裡有另一個男人的精液。不！我不能這樣做！我不能用自己的手機打電話，我也不能讓接電話的人知道我是誰！

陳果先生突然想起自己常常晚歸的妻子，這個他並不愛的女人時常喝酒抽菸卻身體一直健康！啊！我還有一個可愛的女兒，她此刻正在家裡寫作業或看動畫片，她的媽媽現在一定和別的男人鬼混完後回家了。他此時一點也不怨恨自己的妻子，他突然覺得要是妻子就在身邊，她一定會幫他的，她一定會告訴他：不要管這一具死屍！

啊！我要馬上離開這裡，一刻也不能再待下去了，我是一個有家庭的男人，有妻子有女兒！在妻子眼裡我一直是一位老實巴交的男人，在女兒的眼裡我是一直是一位好爸爸，在學生們的眼裡我一直是一位好老師！我不能讓別人知道我和這個死去的老頭有任何關係，我不能身敗名裂，我會被別人認為是一位變態狂的，說不定他們會認為這個老頭是我殺死的……不！不！我必須馬上離開這個鬼地方，我向天發誓以後再也不來公園了。

陳果先生飛快地奔跑了起來，他比狗還要快地穿過牆洞，在夜色中選擇一條離開公園的捷徑。他很快看到了燈光，啊！溫馨的燈光，回家的燈光——你要一直亮下去。陳果先生鎮靜下來，他彎下腰彈了彈褲子上的塵土，他若無其事地走著，走出了公園的大門。啊！還有一對對男女不知死活地散著步談著戀愛！千萬別遇上熟悉的人！陳果先生又往前走了幾步，他伸手攔了一輛出租車，然後隨便告訴一個地址就上了車。

陳果先生感覺安全多了，他感覺自己是如此地幸運。車子在寬暢的街道上奔馳著，一盞盞路燈如流星般閃過。

「停下。」陳果先生突然喊了一聲。

司機急忙剎車。陳果先生付錢，然後跳下車，向後猛跑了上百步。路邊是一家二十四小時營業的藥店。陳果先生買到了一瓶速效救心丸，他急忙橫穿過街道，從路中間的分隔柵欄上爬跳了過去。一輛出租車閃著紅色提示燈跑了過來，陳果先生一揮手就上了車。他坐上車時想：如果把坐出租車的錢用到旅館開房間上，也許老頭就不會出事了！他現在一定還沒有死，只要把藥丸塞進他的嘴裡，他喝口水送下就能復活！啊！水！水！水！

「水水……我要買水！」陳果先生脫口而出。

車子沒有沿著原來的路走，車子繞道走上了一條繁華街道，一家家商店的門都已經關閉上了，終於看到一家商店的門半開著，有燈光亮著。陳果先生飛快地下了車，買了一瓶礦泉水，然後飛快地又上了等待他的車。車子向公園奔馳而去。

風一陣陣吹過來，天更加黑暗，似乎已經有雨點落了下來。陳果先生手裡舉著礦泉水，幽靈般地閃進了公園，他暗自慶幸公園裡此時空寂無人。

陳果先生一路小跑，他又不時地注意著他的周圍的動靜，他跑得直喘氣，他再次鑽進了墨綠色的松樹和柵欄拼築的牆的洞。陳果先生在內心裡祈禱，他幻想此刻老頭自己爬了起來，正四處找他。啊！可憐的老頭，可憐的姥爺！他還是靜靜地躺在地上……啊！姥爺！我來了！快把藥吃下去就好了！

陳果先生快速打開藥瓶的蓋。

陳果先生快速擰開礦泉水的蓋。

陳果先生快速跪地上抱起老頭的頭……

雨滴落了下來，陳果先生失望的淚落了下來。他傻傻地看著這個已經僵硬的老頭，悲痛、心碎、絕望……他很快掙扎著爬了起來，他知道這個老頭不會再醒過來了。

他突然再次跪到地上，把一個冰冷的吻印上老頭的臉頰。

雨嘩嘩地潑灑下來，路燈模糊不清。

一輛又一輛出租車從他身邊跑過，他沒有伸手再攔出租車。

他獨自一人在雨中奔跑著奔跑著……

他的頭腦裡閃電般地沖印出一張張那個像姥爺一樣的老頭的滿頭白髮和無盡的慈善的笑容，啊！姥爺！他已經死了，他的屍體正在無情的雨中淋著……啊！姥爺！啊！姥爺……他放聲嗚咽著，雨水淹沒了他的哭泣聲。

二〇〇六年三月三十一日，北京楊閘

野公園

1

一個孤獨的人，四處閒逛，無意中發現一個地方，長滿了野樹和雜草。他去過很多公園，感覺這個地方和所有看過的公園都不一樣，他很好奇，想知道這個園子裡還有些什麼。他的皮鞋踩在濃密的野草上，軟軟的，低頭看，有野花開的星星點點。似走在地毯上。本想找個廁所方便一次的他，此時，不忍心糟蹋這片草地。

他於是往前走。

每一棵自然生長的樹都很年輕，樹幹枝葉被前一天的雨水洗得乾乾淨淨。一棵樹的懷抱裡生長著又一棵樹，一棵樹的枝葉牽拉著另一棵樹，樹的根部同時又鑽出一群幻想中的樹苗兒。它們挨得是那麼地近，相互平等，擁抱著生長。

他感受到了親情。

前面有一個小土丘，長滿了許多在鄉下才能見到的野草。草有兩米多高，似乎還要再去長高一點點。小土丘的凹處，有幾棵粗壯的楊樹，樹幹直直的、高高的，一個人幾乎擁抱不住。樹皮是白灰加一點點墨綠色，每棵樹上都有幾隻抽象的大眼睛望著你。

一個人突然感受到了涼意，風陣陣穿過來，沒有人聲，和另外的氣息。越往前走，越能感覺到陰涼和孤寂。怎麼會有這麼一個地方？這個地方到底有多大？第一次來的人總想把這個園子逛一圈，但是，走著走著，就沒有下腳的地方了。拉拉草，帶針刺兒的草，帶鋸刺兒的草太多了，他的腳他的腿他的手臂，感覺到了疼痛，他不再好奇了。他在一片沒有腳印的草地上，方便過後，已經滿足了，知道自己該走了。這個園子很大，和所有的公園都不一樣，沒有人工修的小路，也沒有人影兒，他的孤獨感卻加倍般地大了。

他想：如果有一個戀人，和他一起來到這個地方，躺在軟軟的地毯一樣的草地上睡覺該有多爽啊！

他輕嘆了一聲，意識到自己還要回到現實中拼搏，才能活出一點點人的樣子。

這個園子不久就會被開發商開發成另一種樣子吧！他這樣想過後，再次憐惜一眼正在生長中的樹。

陰冷，還是陰冷。

他快步走，想離開。

這時，另一個孤獨者走進了這個地方。

是含情脈脈的眼睛，讓兩個人擁抱在了一起，他們的愛和身邊的樹兒一起生長著。

「下一次，我們還在這個野公園見面好嗎？」其中一個人說。

「好！」另一個人開心地點頭。

2

是一個什麼樣的夏天呢？熱得老頭老太太們都沒有地方去，野公園裡游動著他們的身影。他們伸伸腰，踢踢腿，扭扭肥胖的脖子……爽！這個地方真涼爽！他們已經不用上班，每天步行來這裡鍛鍊身體。他們活動的地方不大，幾棵彎脖樹的皮被摸得光溜溜的。

來這裡談情戀愛的人不再是兩個人，沒有人知道有多少個人。來的人還不是太多，你感覺不到吵鬧聲。黃昏是提前來的，園子裡沒有燈光，有一大片一大片的黑暗，可以隱藏一些東西。

白天，這個園子也是寂靜得可怕。樹的影子重疊著壓過來，草的影子在風中搖曳舞蹈，你看不見自己的影子，你感覺到了自己的脆弱，似乎是被另一個世界拋棄到這兒來的。

這裡沒有一張椅子，也沒有一塊石頭之類的東西。每一片草叢都是新鮮的，還在繼續生長，變化中。你想坐下歇歇腳，坐下後，真想躺下。躺下真舒服啊，體溫和雜念被草地一下子吸乾。你是一個純粹的人，你的肉體需要性，你的心靈渴望去愛。

一個陌生人走過來，你感覺很親切，友好地向他點一點頭。他是孤獨的，心是空寂的，現在只容下樹林和野草。突然有幾隻麻雀飛過去，聽到嘰嘰喳喳幾聲輕柔的叫聲，不是噪音，是童年的夥伴在呼叫。

他看著你笑了，他沒有感受到你是陌生人，和他一樣，需要一個孩子般的夢。

你想起街頭那些賣燒烤的小販們，把小鳥一樣的肉體穿成串，當作烤麻雀兩塊錢一串去賣。你的同事告訴你，你曾吃過的那些「烤麻雀」——牠們都是從孵化廠賤價買回的，被淘汰的小雞娃，剝掉皮，穿成串，烤熟後賣給饞嘴的人。

同事的話讓你不安，全公司裡的人似乎都知道你因為饞嘴而上當受騙過一次。你恨所有的人，更恨那些和你競爭的同事。

「這裡真陰涼啊！」他說。

「是，這裡真陰涼啊！」你也說。

他看著你，再沒有話可說。他的目光似螢火蟲，從黑夜深處穿過樹叢而來。

你笑了，你笑時露出潔白的牙齒。

後來，你和他常來這個地方，這個在城市地圖上沒有名字的野公園，讓你們找到了一種真愛。你的心靈有了歸宿，這個地方沒有陽光，沒有燈光，只有戀人螢火蟲般的眼睛和你一起飛。

你突然感動地哭了，他緊緊地抱著你。而此時，晶瑩透亮的雨水，正不停地從層層的綠葉上滑落下來，跌進柔軟的開著小黃花的草地上。

3

他是第一次走進這個野公園，愛上了這裡的冷清寂靜。這個沒有一張椅子的野公園，這個沒有廁所的野公園，讓他第一次裸露出真實的自己。

他愛著，同時，被愛著。

一男一女，他們幸福地走來，抬頭望著灰白樹皮上的大眼睛。兩個男子，手牽著手，他們開心地走進另一片樹叢。一定還會有兩個美麗的女子，她們手牽著手，隱進了更濃密的草叢。

有一天，一個白頭髮的老人牽著一隻小狗來了。他在別人踩出的小徑上慢慢地走著。他遇見了一個背包的孩子，這個孩子友好地從包裡拿出一張招工招聘報，鋪在有菸蒂的草地上。他們一起坐下快樂地聊著……

很早以前，這個園子裡還沒有這麼多的野生樹，也沒有這麼多的野草。這裡是一個磚瓦廠，燒製出的磚瓦建成的房子現在已經看不到了。磚瓦廠取消後，這裡又出現了三個工廠，一個造紙廠，一個紙箱廠，另一個是蜂窩煤球廠。文明的城市開發得太快了，因為噪聲，因為汙染，三個工廠遷走了兩個。到後來，那個紙箱廠也破產了……

紙箱廠沒有破產前，白頭髮的老人曾是這兒的工人。

「你看到了嗎？那幾棵白楊樹，」白髮老人伸出一隻手臂，努力地指給身邊的孩子：「我曾經和它們比過個頭呢！」

又過了沒多久，來了一群民工，他們在靠近馬路的位置，砍倒了一片樹。車子很快運來了水泥、石塊，和各種建築工具。沒有人知道他們要建什麼？是商廈？是超市？是酒吧？是銀行？是？

是？是？……

那些被砍倒的不成形的樹木，枯乾了，堆成雜亂的一堆。民工閒下時，想玩撲克，屁股想有可以坐的東西。那些不成形的樹幹，被當作凳子，丟得滿地都是。瓜皮，菸蒂，手紙，弄髒了一片地，再換個乾淨的地方玩吧！被弄髒的地面越來越多。雨後，有積水，積水裡浮著糖紙。

樓建到四層的時候，突然停工了。來野公園裡玩的遊客只看到三層。灰灰的水泥牆，生黃鏽的鋼筋暴露在外邊。為什麼停建了？沒有一個遊客知道。

很快，那些建築工具鐵架之類的東西也撤走了。

有人在路上走著走著，突然大便告急，轉身就來到了這座三層都沒有裝門窗的建築物前。附近看不到廁所的影兒，這個人走進了一層。很寬大，很寬大的廳裡面還有幾道牆，但沒有完全隔分開。

有人再來找廁所，就會想起這裡的半拉子工程。這個城市，實施權力者不停地換，許多的路、立交橋（公路交流道）、樓房等，一直都沒有真正規劃好。民工長年拆房挖溝，道路還時常擁擠堵車。

再有人找廁所，也找來了，第一層已經堆滿了大小便，就順著樓梯上了二層，第二層也有屎臭尿騷味，就想到了第三層……這裡，成了廁所，還好，沒有——人滿為患。溼的大便壓在乾的大便上，這是後者與前者的區別。

一個有潔癖但大便告急的人，也走進了這座男女共用的「廁所」。他一隻手提著下垂的褲腳，一隻手捂著鼻孔和嘴，小心翼翼地爬上三樓。三樓有幾泡屎，已經風乾，但有一大泡屎，正爆炸般地向四周臭開。這個有潔癖的人於是想，這個半拉子工程再多建幾層就好了啊！

有人看到這座三層沒成形的建築不舒服，他也喜歡逛這個野公園，一想到這附近沒有公廁，大便隨時會汙染他散步的地方，他感覺有了這三層的「廁所」還算好一點啊！

有談情說愛的一對，他們走著走著，想找一個角落坐下或躺下……他們已經坐下擁抱在一起，正準備接吻時，突然聞到刺激神經的屎臭味！啊！該不會已經踩到屎了？兩個人驚惶失措地爬起來，前後左右去找，很快找到了，他們罵了一句，心想：不遠處有三層樓的「廁所」為什麼不去哪兒拉屎?!

他們離開再去找地方。

這個野公園裡，有足夠的地方等待著有情人去探索。

你看，那一對，他們手牽著手，正從帶鋸刺的野草叢中穿過。沒有人去過的地方，野花開得正香甜。

4

他是後來者，一個性飢餓的外來者。他想找一個沒有人的地方手淫一次，他已經為自己準備好了性幻想對象，就是當今最走紅的一位歌星。

他剛走進這個野公園，就感受到了這裡的不尋常。他發現來這裡的人很神祕，每一個人好像都不愛說話。一眨眼功夫，一個人和另一個人就消失了。一個男人和另一個男人很親熱地牽著手，走進深深的樹叢草叢……

他只想走進一個沒有人的角落裡手淫。

一雙眼睛在向他閃爍，不停地閃爍著誘人的光環。他走過去，知道了這個野公園裡也有妓女。他是第一次，討價還價，像在地攤上買東西。他問她有地方嗎？她笑了笑，說這個野公園裡沒有人去的角落很多。

兩個人，像戀愛中的一對情人，他們找到了一片草地，一片被樹的陰影遮蔽的草地。他們開始交易。一個人滿足後，提上褲子走了。另一個人，沒有走，她繼續尋找目標，她想掙更多一點的錢。

那個花了很少的錢就舒服了一次的男人從此不再手淫，他把野公園當作了天堂。

還有一個民工，他也花了很少的錢就得到了滿足，他的嘴巴樂得合不上了，就把這種好事告訴了他所有認識的男人。

有更多的底層人，來野公園裡尋找食物。找到食物的他們，暫時忘記了勞累和一些人對他們的欺壓。

一個偷窺者，悄悄地跟在兩個人的背後。

窺視者第一次看到，兩個男人也能一起快樂地性交，驚訝地張大了嘴巴，傻傻地站著，下身的老二卻脹硬得生疼。

他本來是找妓女的，因為好奇，他體驗了一個男子肉體的滋味。他愛上了這種滋味，還上了癮，從此對妓女不再感興趣。

一個妓女望著兩個英俊的男人嘆息著。

雨，冷冷的雨不停地落下來。

孤獨者的鞋子溼了，從腳尖一直溼到頭頂的髮絲。

手心冰涼，渴望抓住一個人，一個有愛心的人。

他在雨中徘徊著，他需要的是感情，而不是性發洩。雨水代替他的淚水流下來，他失戀了，永遠地失戀了，他還沒來得及去愛一個讓他的肉體溫暖的男子，這個男子已經和另一個男子一夜情去了……一夜情是情嗎？僅僅一夜過後，已經讓一個人成了空殼！剩下的還有什麼？只有雨水清洗過的記憶，回憶在樹影中重疊模糊遠逝……

野公園讓一個人快樂得發瘋啊！

野公園讓一個人憂鬱成病人！

黑暗的深處，有風聲，風聲中的枝葉還在生長。他伸出不再生長的手指，撫摸多汁的葉片。

他和他擁抱在了一起，另一個男子走過來，三個人各自分開了。很快，他和另一個男子擁抱在了一起，他走了回來，看著他和他……他們的呼叫代替他肉體的呼叫！是兩個人的呼叫，不！是一個人的呼叫！他和他已經混合到一起，另一個他正用幻想把自己重疊著和他們混合到一起。

一棵樹擁抱著另一棵樹，相互友好和平的生長著。

有一片葉子從空中落了下來，這是一片沒有枯黃的葉子，它屬一個年輕的孤獨者。

5

是在白天，熱戀中的一對男女，在樹叢裡發現了一具女屍。

警察用相機拍下這具女屍赤裸裸的下半身。

身上沒有任何證件。女屍被警車拉走了。當天的晚報刊登了新聞，沒有說明死因。

一段時間，來野公園偷情的男女或男男或女女，少了。

又一段時間，人增加了許多。野草被踩得矮了下去。

有人傳說，被殺死的是一個妓女，只是沒有人說明為什麼要去殺死她。

又過了幾天，有人在樹叢裡發現了一具男屍，胸口還插著一把刀……

警察或看管（其實沒有人看管）這個野公園的同志，又或是其他有話語權的人，他們最後的辦法是：為了預防再有類似的凶殺案發生，花錢雇用民工，開始大力砍伐樹叢。

一片片枝葉茂盛的樹叢被成批地砍掉了，只留下有限的孤零的一棵樹，和另一棵樹保持著距離。野草野花也被鏟掉清掃光了，露出醜陋的地皮，被風吹著，有塵土不停地飛。

夏日毒辣的陽光照下來，嘴唇乾裂的情人找不到可以解渴的角落。整個園子已經無處藏身。三層樓高的「廁所」還保留著，走進去，感受到蒼蠅狂歡起舞。有人在一層看到幾只安全套和屎尿混全在一起，上了二層還能看到這一切。

他還繼續來，每一次來，總感覺周圍有歧視的眼睛盯著他。

等待黑夜到來吧！沒有燈光的野公園，空寂得好像沒有了一切。

他失魂落魄地走著，灰白樹皮上的大眼睛憔悴地望著他。

孤單的另一個他走了過來，他看見了自己孤單的影子。樹的影子斜倒在地上，厚厚的土塵中。

渴望一場大雨來臨。

大雨過後，新的草芽和樹芽兒拼命地鑽出來生長。還沒長到半人高，又有一群受租的民工舉著鐮刀鋤頭來了……

有一天，來這裡散步的人遠遠地看見，一棵枝葉枯黃的樹上吊死了一個人。是自殺。

又接連下了幾天雨。他躺在一個人的家裡，一個人的床上，一動也不想再動。

那個牽著小狗散步的白髮老人去世了。那個背包的孩子已經長大，他來到這個無名的園子裡，回憶曾經在一個美麗的野公園裡，遇見過一個慈善的老人，老人告訴他怎麼好好做人……

二〇〇五年五月三十日，北京楊鬧

一百個藍宇的尖叫

你一定是藍宇的弟弟，和你的藍宇哥哥一樣地年輕，一樣地英俊，一樣地貧窮，一樣地善良，一樣地憂鬱，一樣地對人生對現實對愛情抱有一種幻想！啊！殘酷的現實——美好的幻想——另類的愛情——上帝什麼時候才能把一個吉祥如意的嫖客降臨到你的頭上！

在老北京，在東單公園，有一百個藍宇在憂鬱！

他是藍宇的表弟，大學畢業沒有工作，急需要一個老闆，而他想要尋找的老闆是：陳捍東！他是藍宇的另一個表弟，他流浪了很久，太累了，急需要一個家一張雙人床好好休息，而他想要尋找的愛人是：陳捍東！他也是藍宇的表弟，和藍宇一樣漂亮一樣溫情，而他現在還是孤身一人！他餓著肚子輕輕哼唱著傷感的愛情之歌，從聲音就讓人毫不遲疑地認為他就是藍宇！……啊！你說你比藍宇真實一百倍，你時時缺錢花，你戴著近視眼鏡尋找啊尋找！為什麼沒有陳捍東的影子。

「今天陽光燦爛，陳捍東你快來啊！」

「今天是禮拜天，陳捍東你可一定要來啊！」

「今天的天空飄滿了憂鬱的烏雲，陳捍東你他媽的到底來不來啊！」

「今天有風有雨，我的寶貝陳捍東會到東單公園嗎？」

「今天有雨又有雪，我的嫖客陳捍東會不會到東單公園？」

啊……

啊……

啊……

你一定是藍宇的親弟弟，很幸運地就考上了北京的一家大學校，在你的老家，你還有千千萬萬個兄弟，他們有的務農，有的外出打工，有的做小商販，還有的做小偷和騙子。你帶著遠大的理想求學來了！讀書啊讀書……讀書有什麼用啊？讀完大學讀完研究生讀完博士之後，難道還不是為了夢想給像黃光裕這樣的小學生老闆和李嘉誠那樣的中學生老闆打工嗎？讀書上大學是沒有用的——所以你輟學了！你要儘快尋找到你的「姊夫陳捍東」抑或你的「嫂子陳捍東」！

「藍宇已經死了！不能讓陳捍東一個人守寡！」

你洗臉洗頭，然後洗屁股洗老二，再然後帶著你的愛情一路走來。街道擁擠，人山人海，每一張面孔都是陌生的都是冷漠的。

你走進了商場，看見導購員和售貨員在對你微笑。

「先生，請問你想要什麼款式的鞋子？」

「不，不！我不是來買鞋子的，我是來找人的，我找陳捍東！」你說著，繼續走著，尋找著。

「先生，請問你想要什麼價位的西裝？」

「不，不！我不是來買衣服的，我是來找人的，請問你們看見過陳捍東嗎？他喜歡給我的藍宇哥哥買洋裝，把我的藍宇哥哥打扮的像個小日本人……然後我的藍宇哥哥被日得很舒服啊！我的不幸的沒有福氣的藍宇哥哥還沒有舒服幾年就死了啊！還好這個世上有我這樣體諒陳捍東的人，我四處打聽他的下落，我不能讓他一個人孤孤單單淒淒慘慘度過後半生，我很擔心他在無愛的日子裡支撐不住時就會殉情自殺！我一定要找到他，證明我也是深深地愛著他的……」

「對不起先生，我們沒有看見過陳捍東，請你到別處找一找吧！」導購員和售貨員收斂了笑臉，他們有些不耐煩但又禮貌地向你點頭送行。

你不灰心，繼續尋找。

他不是陳捍東，卻長得酷似陳捍東。他的口袋裡沒有錢，每每遇見一位帥哥，他都要裝成自己是陳捍東，他撒謊說自己是一家飯店的老闆。

「你請我吃飯吧！」一個比藍宇瘦一點的小夥子說。

「好，我請你吃飯，不過，吃完飯後你要和我玩啊！」假陳捍東說。

「那就到你的飯店吃吧！」「人比藍宇瘦」很高興地說。

「不行了，前兩天我的飯店已經轉讓出去了！」假陳捍東擠著眉頭皺著嘴巴說。

「那我們去哪兒？」人比藍宇瘦的臉面上浮現疑惑憂鬱。

他最後就帶著人比藍宇瘦去找飯店，他們沒有吃西餐，也沒有吃日本餐，也不曾去中國的五星級飯店、三星級飯店、二星級飯店……他們去吃的是「成都小吃」，吃了兩碗牛肉麵，喝了一瓶啤酒，共花了十二塊錢。

人比藍宇瘦摸了摸半飽的肚子，擦了擦嘴問：「我們去哪兒？」

他像陳捍東那樣笑了笑，他的牙齒上還黏著一小塊青菜葉兒，他想了又想說：「我們去公園吧？可是公園裡的人太多！我們還是找一個沒有人的地方玩吧！……要不，找一條偏僻的街道，到沒人的公廁裡玩怎麼樣？」

「我不想去臭氣熏天的公廁裡玩！」人比藍宇瘦不高興了，他的臉拉得長長的，此刻一點也不像藍宇。

假陳捍東摸了摸空空的口袋，最後摸到的是一部藍屏的破舊手機，他說：「把你的電話告訴我吧，我方便時帶你去我家玩！」

人比藍宇瘦把電話號碼留給了假陳捍東，後來，他們性交了幾次，人比藍宇瘦不但沒有吃胖，反而更瘦了，也更憂愁了！他開始懷疑愛情了！他們分了手，相互不再認識，各自帶著空空的肚子繼續去營銷自己！

了，他們有了孩子，有了自己的皮鞋店。他今天晚上和老家的親戚一起喝了半瓶二鍋頭後，感覺肉

他是一位現實主義者，他吃得白白胖胖，他從不相信愛情！所以他和一個並不愛的女人結婚

體裡憋得難受，他想到了發洩，就搭了一輛出租車去公園。

「哥哥，你看過《藍宇》這部電影嗎？我當時感動得哭了！」藍宇的一位粉絲說。

「哦！我看過《藍宇》，可我不喜歡藍宇，我喜歡陳捍東，還是陳捍東更性感啊！」胖男人說。

「你是1還是0？」藍宇的粉絲說。

「我喜歡做0，你是1嗎？你的東西大嗎？呵呵呵……讓我摸一摸！」胖男人說著，他伸手抓

住了藍宇的粉絲的牛仔褲拉鍊。

「滾開，討厭！我不喜歡你！」藍宇的粉絲惱羞成怒，一把推開了胖男人，帶著一顆落寞的心

向遠處走去。

藍宇的另一群粉絲走了過來。

藍宇的另一群玉米也走了過來。

「喂！你好！」

「喂，你也好！」

「請問你是藍宇嗎？」

「不，我不是藍宇！」

……

「喂！你好！」

「喂，你也好！」

「請問你是陳捍東嗎？」

「不，我不是陳捍東，你如果要找陳捍東同志請去香港找關錦鵬打聽！」

……

你對著鏡子自言自語地說：「我比藍宇還要美麗百分之十啊！為什麼找不到一個男人真心愛我？」

在孤寂的黑夜裡，一個聲音在尖叫：「陳捍東！你快來啊！我今晚陪你睡覺八折優惠！」

一個外國人走進了東單公園。

「哈樓，你好！請問你是找同性朋友的嗎？」

「是，不過我想找的不是窮鬼，我想找的是像陳捍東那樣的同性朋友！——因為我是ＭＢ！」

「我不是陳捍東，我的中國名字叫：陳捍西！我也不是窮鬼，我可以請你喝酒……」

另一位男子走了過來。

「啊！陳捍西哥哥，請帶我走吧！請快點帶我離開北京吧！像我這樣比藍宇還要多情的男人，留在北京早晚都會遇上一場車禍！」

陳捍西於是就帶著這個比藍宇多情比藍宇膽小的男子走了。

一個駝背的老頭走進了公園，他會不會是陳捍東？

一個戴老花鏡的老頭走進了公園，他會不會是陳捍東？

一個禿頂的老頭走進了公園，他會不會是陳捍東？

「藍宇，你在哪裡啊！我是破產的駝背的陳捍東啊！」

「藍宇，你可知道我在思念著你，我是日日夜夜思念著你的陳捍東啊！我人山人海中找你找你再找你……找得眼睛都花了啊！」

「藍宇，你在哪裡啊！我是最愛你的人最疼你的人最最關心你的人——陳捍東啊！自從我們分手之後，我的頭髮像秋天的樹葉一片片往下飛落……一片片飛落……」

在公園裡，在假山上，在假山腳下，在英雄雕像下，在落葉和不落葉的樹下……啊！……啊！……啊……

一百個藍宇在憂鬱

他們遊逛在樹影裡

作著同一個夢
啊　嫖客
啊　善良的嫖客
我不要你的愛情
我只要你的冥幣

……

「你是誰？」
「打工仔。」
「你為什麼不去找工作，為什麼天天到公園裡來？」
「掙錢的工作不好找啊！找到的工作又苦又累錢又少！還時常遇上黑心的老闆，給他們幹完活兒後，一分錢也拿不到啊！」
「你到公園裡能找到什麼啊？你是想做MB嗎？」
「是，我就想做MB，我為什麼遇不到像陳捍東那樣的男人啊?!」
「陳捍東早已經死了！你難道沒有看到這公園裡到處都是藍宇的弟弟、表弟、堂弟、師弟、還有徒弟！他們每天都在等啊盼啊！餓得肚子咕咕地直叫，眼睛發綠，好不容易來公園一位陳捍南，你偷他搶你騙他賣，嚇得一千個陳捍南再也不敢來了，即使有陳捍北來到公園，也不過是下崗之流工薪階層之類的寒酸之輩；自從藍宇死之後，藍宇的精神一下子全國遍地開花；自從陳捍東死之後，他的精神也死了……」

「嗚嗚嗚……我可憐的藍宇兄弟啊！」

三十歲的東北藍宇走了過來。

四十歲的西南藍宇走了過來。

「給你一個婦聯主席的位置你要不要？」

「我不要！」

「給你一個破產的陳捍東你要不要？」

「讓我想一想……啊！陳捍東還能東山再起嗎？如果能——我要！如果不能——我不要破產的陳捍東！」

「給你一個陳捍西，換走你心目中的陳捍東好不好？」

「啊！讓我考慮考慮……」

「給你一百個黑領陳捍南，再給你一百個灰領陳捍北，換走你夢中的陳捍東好不好？」

「啊！我不想活了……」

他微笑著走了過來，他年輕漂亮，臉上帶著自信。

「請問你是藍宇嗎？」

他搖了搖頭。

「請問你是陳捍東嗎？」

他又搖了搖頭。

「請問你是誰？」

「我是紅宇，紅黃藍綠黑白紫的紅，宇宙的宇。」

「哦！瞧你多有精神啊！是不是有男人包養了你？」

「不！我不靠別人包養，我有自己的工作，有自己的住房，有自己的汽車，還有自己的存款！」

「哇！你的條件快接近陳捍東了啊！自從藍宇死之後，陳旱東也跟著失蹤了，我今天終於遇上了一個『準陳捍東』！啊！陳哥哥，我的陳哥哥，你可知道，我很早很早以前就為你準備好了一場愛情悲劇！」

「兄弟，你搞錯了吧！我不是陳捍東，也不是藍宇，我是紅宇，我不想要愛情悲劇，我想要玩的是一場又一場人間喜劇！」

「哈哈哈……那就讓我們一起結婚吧！然後去買人身保險，養老保險，醫藥保險，還要買……」

「你是1還是0？」

「我做1、0、6、9都行！」

「哪，我們就找地方玩吧！我已經準備好了安全套和潤滑油！」

啊……

啊……

二〇〇七年一月二十二日，北京楊閘

浴男

枯乾的柳樹從未死的枝條中鑽出嫩黃的芽，沒有鳥叫；在菜市場，有三塊錢一盆的三月菊正含苞未放，這就是B城的春天。

M的口袋裡裝著一千塊錢，這是他離開公司的最後一次工資。

「沒錢的恐懼會刺激我們努力工作，當我們得到報酬時，貪婪或欲望又開始讓我們去想所有錢能買到的東西。」

貧窮已經無法刺激M努力工作，他懷才不遇，他厭世，他的心未老先衰。在工作中，M的心情是灰色的，他低調，對所有公司裡的所有的老闆所有的同事都表現得那麼失望。他是另類的孤獨者，三十出頭，未婚，一個人在郊區的待拆的一間小平房裡，自我營銷著一個脆弱的生命。

M有夢想，他的夢想在遠處。

M在終點站或起始站上了一輛破舊的公交車。他靠窗而坐，望著窗外的樓頂之上的天空，沒有一隻飛鳥，連一隻麻雀都沒有，落日的餘暉正和閃亮的廣告牌相互渲染。他無視耳邊的嘈雜聲，去習慣每天的緩慢的人流車輛。在第二站，車上已經擠滿了人。M聽著售票員查票的叫喚聲近了，他從人群縫中高高伸出一隻拿著月票的手，聽到一聲再次確認的「嗯」或「好」，就費勁地抽回自己的手臂。

M回到自己的住處，很快忘掉了公司裡所有的同事。他此時想買一壺廉價的白酒和一塊雞肉或豬肉。走進非菜市場的一條小巷子裡，他看著賣舊書的老頭正坐在地攤上出售自己的時間。他停下腳步，目光像麻雀飛落而下，地上是垃圾般的八層新的盜版書或破舊的原版書。M的心嘆息一聲而去。他想到自己明天不用起早上班了，就自我放鬆了時時擔憂的情緒；他想到自己今晚可以去GAY浴池，就自我感受到春天一樣的安慰。

M的床上混亂地扔著堆著書、VCD光盤（光碟）、安全套、衛生紙和許多天之前換下的髒衣服。M從床上找到了自己的手機，他看了看手機上的時間，然後走出門，去站牌的位置等候末班車。

M已經記不清自己是第幾次去這家GAY浴池了，他每次帶著接近愛情般的希望而去，他每次又總是帶著失望疲憊和隱痛而走。M記得最近幾次都是在週五的晚上去的，他感覺週五的床單被罩比週六的乾淨，M星期天是不願意去的，他知道有好多同類人都怕瘋狂一夜後第二天沒有精神上班。

M每次從浴池出來，已經是第二天的中午，他會步行走一段路，到一家半棚半房的小吃點，他要兩個夾心燒餅和一碗玉米粥，算是應付了一天的第一頓飯。M回想昨夜風流過或瘋狂過的故事片段，已經沒有值得在他的記憶裡留存的東西。M喜歡步行去魯迅文學院附近的一家二元店，——挑選三五張盜版恐怖片，也不過是些三流導演拍的一些缺少創新的僵屍片和鬼片。M從七年前就已經開始看同志性愛電影，他現在再看這種片子已經沒有感覺了，他的眼球閱歷過太多的真人實景無數，他的第一感覺總是麻木。

B城有許多的GAY浴池，有些浴池一夜間出現——老闆的暗中策劃和網絡宣傳，很快讓精神的夢遊者雲聚到一起。一段時期後，可能是幾年也可能是幾個月，這些浴池被警察一個個關掉了。這些被查封掉的GAY浴池，最大的可能是因為老闆沒有行賄警察或最近行賄的人民幣太少，最小的可能是有非同志誤走了進去被性騷擾後舉報，也有可能是因為有MB在裡面做生意——有人被敲詐過或偷走手牌鑰匙——開鎖偷走錢——報警！

M最近去的這家GAY浴池，人氣很旺，幾乎沒有MB在裡面做生意。

M喜歡去浴池，他記得四年前第一次走進浴池，一下子就瘋狂地上癮——他被赤裸裸的肉欲迷惑，他深深陷進去，一直到肛門代替他的世界喊痛。

M在八里莊車站下了公交車，他步行穿過慈雲寺橋洞，看到了K大廈在夜色中閃動的招牌。M走下K大廈的地下室，踩著樓梯上的紅色的或綠色的地毯，他付了三十塊錢，脫掉鞋子，拿走自己的手牌鑰匙號和一次性的浴衣、毛巾。

服務生帶他去換衣服的箱號間，他開始一件一件脫掉衣服。

水龍頭在嘩嘩地響，體形各異的裸體在水霧中營銷自己的欲望，他們的陽具就是自身的品牌。洗髮水、洗浴液和香皂在起泡沫，泡沫包圍沉默了許久的皮肉。讓皮肉洗得更乾淨吧！讓每一根洗乾淨的毛髮都能成為宣傳自己的口號。

他的眼睛在美中定位準確。

他的眼睛在孤獨中傳播孤獨。

浴池裡的人已經很多，M知道：十二點之後人會更多。水龍頭少，等待淋浴的他並不著急，他輕輕地站著欣賞著別人的裸體。

水在嘩啦啦地響。一個個走動中的裸體，一個個淋浴中的雕塑。他用含情脈脈的眼睛尋找，或挑揀。在水霧與燈光的朦朧中，溫馨中和誘人的色彩中，他和他伸出手臂，用摘下香蕉般的動作……水龍頭繼續在嘩啦啦地歌唱。一個又白又胖的屁股離去，一個又高又瘦的肩膀走過來；一張英俊的臉龐隱藏去，一張國字形的臉龐和另一張大鬍子嘴臉閃現……水龍頭繼續在嘩啦啦地歌唱。

M洗浴完後，把擰過水的柔軟的溼毛巾搭在脖頸根，然後走進了沒有燈光的蒸汽房。裡面是霧氣繚繞呼吸發黏的黑暗，等了一會兒，他讓眼睛習慣並感受到黑霧中擁擠著比黑霧更黑的曖昧的人影。他的肉體觸碰在陌生的肉體上，他感受到一剎那間相同的體溫，他和他自我疑惑中躲閃開，相互猜著對方的年齡、相貌和「牌子」的大小。他感受到有兩個或幾個人擁抱在了一起，他們正在相互親吻……他聽著潮溼的呻吟聲，汗水滲滿了全身。

他傻傻地看著，什麼也看不清，他呆呆地等待著有一雙手，他真的感覺到有一隻手輕輕地摸了他一把，而他的「牌子」此刻是軟的。

M站了很久，他在聽著別人的呻吟聲，他卻一直硬不起來，他從心理上排斥群交或在窺視下性交，他需要性，他更需要的是愛！他此刻只能感受到欲望在吶喊的肉體在黑暗中的存在，他因為看不清對方的是喜是憂是福是禍的臉，也是因為經歷過這種刺激太多後感受不到一絲的刺激了！他想看清一張可以用自己的時間去接受去愛的臉，用自己的牙齒可以噬咬到的一具黃金般的軀體。他又不想看清這個人是誰。他希望這個人是陌生人，最好來自外星球。而他又同時排斥著陌生人，排斥著和自己一樣憂鬱的一樣孤獨的人。

M曾幻想自己擁有《西遊記》中女妖的魔力加法力，他美豔絕世荒淫無度地盛開花朵般的生殖器，他孤獨中淒哀中飢渴中轉化成一陣龍捲風帶走自己喜歡卻又得不到的黃金般的肉體。

一個男孩子的小小的已經硬起來的「牌子」頂了過來，M用手摸了一會兒，感受到不能承受的小，他拋棄般鬆開了手，移動了一下位置，在人群中繼續撿拾情感的廢棄物。有人從一堆黑暗中鑽了出去，帶著滿足後的汗水去沖洗屁股。有人從外邊鑽了進來，門口已經站滿了人，整個蒸汽房裡擠滿了人，他還是繼續往裡鑽，鑽到肉體多的地方欲望就最容易滿足。他的手一下子生長出母狗的性器官緊緊地鎖住黑暗中的一塊肥大的沖血的痙攣的肉。

他和他還有他在肉體中擠過來擠過去，他感受到對方的肉體的過度肥胖和生殖器的不爭氣的小。他的他突然變成了他的他，而他的他和另一個他擁抱在了一起，他找不到他，而他也看不清他站在什麼位置，他的心在呼喚：親愛的擁抱我吧！他的軟他的汗水流了下來，他接受呼吸潮溼和悶熱，他忍過一會兒後鑽了出去，身子從陌生的屁股上摩擦而過。

M在水籠下沖洗汗水，這些汗水有自己的和別人的。

M用眼睛去看一個男子的眼睛，那個男子的眼裡沒有他。

M用眼睛去看另一個男子的眼睛，這個男子的眼裡裝了太多的肉體太多的勃起太多的硬和太多的精液……他的眼睛花了。

M在昏黃的燈下走，穿過走廊，走進游泳池。他把肩膀上的毛巾放在拖鞋上，然後跳進了涼水池，像狗一樣來回游動。游泳池裡的涼水很清，也很少有人來這裡。M一個人游來游去，他希望有一個兄弟這個時候跳下水，和他一起裸泳。

M游累了，他從水池裡抓住扶手梯爬了上來，他全身的毛孔都在收縮，他的牌子此刻過度地萎縮，幾乎只有口紅一樣大。

M這次去了有燈光的蒸汽房，這一間的空間很小，溫溼度偏高，此刻空無一人。有人走了過去，透過玻璃門窺視了一眼M。

M的相貌、身高和生殖器官中等，M的優點潛藏在內在的美中，而這些內在的美在燈光下在黑暗中都無法感受得到，M只能是孤獨者，他的心很高，他的欲望此刻只能低到腰下的位置。M用含情脈脈的眼睛看那些外在條件比自身優秀的男子，這些男子一離開浴池本性就會隱藏去，戴著面具生活在這個社會的舞台或角落中。

M的心是赤裸的，M的愛是赤裸的，而此刻肉體也是赤裸的M卻找不到屬於自己的BF，他理想中的愛人在沖洗得乾乾淨淨的人群中卻找不到。他只能去滿足生理上的需要，去發洩鬱積在體內的壓抑和恐懼。

「人需要有感情，它使我們真實，感情這個詞表達著行動的動力。真實地看待你的感情，以你喜歡的方式運用你的頭腦和感情，而不是與自己作對。」

他在洗浴，他在水霧中愛著水霧中的同類，這是孤獨者的愛。

M在公園裡曾無數次遇到這種同志：他們性滿足後提上褲子就不再認識你，或者給主動的你一個假電話號碼。M已經習慣了，他同時又不斷地強化自己的願望。

M在無知和幻覺之間，擁抱住了愛情，而這只是一夜間的愛情，轉眼已逝。

M疲倦了思考，他不想再去分辨真相，他只是對每一個迎接他的肉體做出反應。他還是感到了恐懼，為各種各樣的性病而恐慌，他用安全套消除恐懼，他用拒絕口交迴避恐懼。而他精神中虛弱貧乏的一面總是在大聲尖叫：我想要愛情！我想要性交！我想要快樂！

M再次鑽進了蒸汽房，鑽進只有性沒有愛的肉堆中。

M再次軟綿綿地鬆垂著走了出來，他再次沖浴，再次用毛巾擦乾身上的水珠。M去了換衣室，打開自己的箱子，穿上了一次性的睡衣。M走進了有燈光的休息大廳，他開始尋找床位，還剩一個空位置，他去抱了一床棉被，躺上了床，看了看牆上的鐘，然後看無聊的電視節目。

時間一分一秒，像一個個泡沫破滅而去。

M躺下的一排床上，有三間緊連著，他躺在最裡邊，他知道這些床位不夠用，很快要兩個人擠睡在一張床位上，有時三間床位上擠著七個人。M聽身邊的同志在聊，從他們口中知道三元橋附近的一家很紅火的浴池查封了，常去那裡的同志都跑到這裡來了。他希望來這裡的同志越多越好，而他時常在人滿為患的時候迷失了自己。

M不想和別人聊，他厭煩每一個人都重複地問：你幹什麼工作？你是哪裡人？你今年多大了？然後再接著重複的話題讓自己感受不到對方有什麼新鮮感了！

「又不是為了結婚，為什麼要像查戶口一樣問？」

M剛出道時很樂意地一一回答他們，他一直找不到自己的ＢＦ，他知道這個社會對他們已經夠寬容了，是他們不好好珍惜，還是選擇的機會太多呢？這個城市遍地都能找到他們的影子，他們一夜情又一夜情地放縱自己……M一直很羨慕女同性戀們的同居生活，她們從不亂交，也不傳染性病，她們幸福地結成一對對，即使醞釀出的是一場愛情悲劇也是美麗的。

無論什麼樣的話題，都會分散M的注意力和欲望。M不能在聊天中勃起，無論是聽到別人叫床聲，還是聽到別人說淫穢的詞語。他知道肉體也有一種語言，他通過撫摸別人和被別人撫摸，來感受一種愛。M能通過肉體的語言來區分對方是不是真的喜歡自己，所以M喜歡撫摸，他在黑暗中看不到別人的形象時，對方的肉體語言會喚醒他沉睡的萎縮的肉體，讓他雄偉地勃起再勃起。

一個找不到床位的男子在大廳裡徘徊著，他最後選擇在M和M身邊的一個人之間躺下，但他又怕被兩個人之中的一個人排斥，他小心翼翼地坐在M的腳旁邊，他的目光溫柔，有意又似無意地看著M。M動了一下身子，暗示給他一個位置，這個男子就輕輕地在M的右邊躺下了。他的目光轉移到了電視屏幕上。

M去觀察躺在自己右邊的男子，感覺他長得還算英俊。M閉上了眼睛養精神，他知道兩點鐘左右大廳裡的燈都會關上，兩點鐘之後是做愛的時間。M閉上眼睛想，燈關掉之後，是自己主動碰身邊的男子，還是等待他來碰自己？

一會兒，又一位找不到床位的男子擠了過來，他用商量的語氣請M通融，希望能擠在M的左邊靠牆的位置。M沒有排斥他，還是禮貌地側了一下身，讓他也側著身子緊貼著自己躺下了。M觀察貼在自己左邊的男子，感覺他是一位中年人，皮膚有點黑，長得不難看也不英俊，是M在性上能一半接受但不會喜歡也不會討厭的那一種男人。

燈一盞一盞地關掉了，只剩下服務台那裡的一台電腦還亮著屏幕。

躺在M左邊的男子把溫度和溫柔一點點地傳遞過來，M去看右邊的男子，他好像睡著了，一動也不動地去作夢。

M感受著左邊的親吻，從胸區開始上移然後下移，那根火熱的舌頭遊遍了他的全身。兩個身體晃動的聲音驚動了右邊的男子，他側過臉故意不視M他們。此刻，從灰暗向黑暗過渡的大廳裡響起了肉體擠壓的響聲，和放縱的曖昧的淫蕩的尖叫聲。聲音四起，第一次來這裡的人總會驚心動魄，而習慣了這裡氣氛的孤獨者，此刻正用焦慮的眼睛四尋目標。

一會兒，M的快感消退了，M閉上眼睛，他沒有回味剛剛享受到的滋味，他感覺全身沾滿了口水的臭味和荷爾蒙的腥味。

「我去沖洗一下，過一會兒就回來，你看好我的位置。」M小聲對左邊的男子說。

M穿上短褲，走進有燈光的洗浴廳。有幾位剛剛性交完的男子正在清洗紅紅的生殖器和肛門。M不想再多看一眼，他想儘快洗乾淨自己，他打開一個淋浴水龍頭的開關，讓一陣冷熱相交的雨水從頭頂淋下來。M的肉體希望香皂的泡沫能快速地殺死那些看不見的細菌。

M對著朦朧的鏡面，擦掉皮膚上的水珠。

M又回到了自己原來的位置躺下。M看了看右邊的男子，他好像又睡著了，這時一個戴眼鏡的中年人正用手撫摸他露在外邊的胳膊，他很快收回自己的胳膊埋進被窩裡。戴眼鏡的中年人意識到他不喜歡自己，就知趣地走開了。一會兒，一個禿頂的老頭走了過來，他伸出手挨個摸，一次又一次被拒絕，他不氣餒，他還是厚著臉皮到下一排再接著一個個摸下去。

一個漂亮的男孩走了過來，他用手摸了一下M右邊的男子的大腿，沒有反應，他很快來到M身邊，正要撫摸M，躺在M左邊的男子搭了話，他們原來已經認識。

「我找不到地方睡覺啊！」漂亮男孩說。

M知道此刻無法再擠一個人了，他的身子已經從原來的床位侵占到鄰床邊上。M伸長脖子向四周看了看，借著遠處的昏暗的光線，M感覺到一排排的床位上都擠滿了不停蠕動著的肉體。

漂亮男孩斷斷續續地和M左邊的男子聊了一會兒。躺在M左邊的男子起了床，讓漂亮男孩替自己占著位置，他自己去大廳裡間的小黑屋找尋新的目標了。

漂亮男孩的手擁抱著M躺了下來，M感覺右邊的男子無奈地嘆息了一聲，再次翻了一下身子繼續睡覺。M用手感受到漂亮男孩那不成熟的愛，M迴避小男孩，M推開這個漂亮男孩的手臂，翻過身子不理他了。漂亮男孩之前好像已經得到了性滿足，他閉上疲倦的眼睛睡了。M伸出手去撫摸躺在右邊的男子，他一動不動，M的手繼續往下摸，他推開了M的手，M已經感受到他正在勃起的「牌子」。

「他一定喜歡我，如果不喜歡他不會勃起的，可為什麼他又拒絕我呢？」

M看著右邊的男子連看都不看一次次拒絕來訪者，好像他不是同志？他在等待什麼？

M幾乎是強行般地鑽進了他的被窩，用口含住了他堅硬同時又脆弱的器官。在他最需要M繼續下去的時候，M突然放棄了他。M在自己的位置平靜地躺好，他靈魂中軟弱而貧乏的一面沉默了。

M想到剛剛和自己有性關係的那位並不是真的喜歡的男子，他讓M背叛自己靈魂的肉體很是舒服了一陣。M有點討厭自己，上這兒來就是為了發洩嗎？M初衷的願望早已經消失在洗浴中，他愛那些讓他興奮的卻又不能永遠得到的水一樣的男子。

「先生，您做保健按摩嗎？一次只要三十八塊錢。」年輕漂亮的服務生溫柔地推銷自己的服務。

M曾喜歡其中的一個服務生，但他清楚地知道自己的消費水平侷限自己。M在他喜歡過那位服務生面前感受著強烈的自卑感。

在消費者的黑暗中，M的手再次摸了摸身邊的男子。他告誡自己：不性交就白白浪費了三十塊錢！

呵呵……

M放棄了原來的床位，他像無數個在黑暗中遊蕩著的飢渴者一樣，找到一個孤獨者，用自己陌生的身體來感受對方的傷痛。

M找到一個高高撅起來的屁股，他戴上安全套，給對方的肛門摸上凡士林油，他正在抽送自己的肉體時，他們的身邊圍攏了一群「觀眾」，一個「熱心觀眾」幫M掰著屁股，一個「熱心觀眾」幫M扶著挺起的器官，還有一些觀眾的手在他們的身上亂摸著……M一下子陽痿了，他久久不能再勃起，他放棄了高高撅起的「配角」，從讓人討厭的「玉米」堆裡擠出來，再去尋找新的勃起目標。

M不知道自己為什麼要這麼活著，活得不開心，活得很無聊，活得沒有一點新鮮感。

M的每一個動作都在和自己作對，他討厭自己，他自卑，他孤獨，他無奈，他恐懼，他憂鬱，他深深陷進自身的黑暗中，他不停地掙扎……

二〇〇六年四月九日，北京楊闇

avant-garde 03　PG2936

孤獨的邊緣
——墓草短篇小說集

作　　者　墓　草
責任編輯　尹懷君
圖文排版　黃莉珊
封面設計　吳咏潔

出版策劃　釀出版
製作發行　秀威資訊科技股份有限公司
114 台北市內湖區瑞光路76巷65號1樓
電話：+886-2-2796-3638　傳真：+886-2-2796-1377
服務信箱：service@showwe.com.tw
http://www.showwe.com.tw
郵政劃撥　19563868　戶名：秀威資訊科技股份有限公司
展售門市　國家書店【松江門市】
104 台北市中山區松江路209號1樓
電話：+886-2-2518-0207　傳真：+886-2-2518-0778
網路訂購　秀威網路書店：https://store.showwe.tw
國家網路書店：https://www.govbooks.com.tw
法律顧問　毛國樑　律師
總 經 銷　聯合發行股份有限公司
231新北市新店區寶橋路235巷6弄6號4F
電話：+886-2-2917-8022　傳真：+886-2-2915-6275

出版日期　2023年9月　BOD一版
定　　價　360元

讀者回函卡

Printed in Taiwan

國家圖書館出版品預行編目

孤獨的邊緣：墓草短篇小說集 / 墓草著. --
一版. -- 臺北市：釀出版, 2023.09
面； 公分. -- (avant-garde ; 3)
BOD版
ISBN 978-986-445-844-8(平裝)

857.63 112011942